U0638567

小岛来了
陌生爸爸

〔荷〕安娜·沃兹/著　　王涵平/绘　　林敏雅/译

GUANGXI NORMAL UNIVERSITY PRESS
广西师范大学出版社
·桂林·

小岛来了陌生爸爸
Xiaodao Lai Le Mosheng Baba

出　品　人：柳　漾
项目主管：冒海燕
策划编辑：周　英
责任编辑：陈诗艺
助理编辑：赵陈碑
责任校对：郭琦波
装帧设计：潘丽芬
责任技编：李春林

Mijn bijzonder rare week met Tess
Copyright © 2013 by Anna Woltz, Amsterdam, Em. Querido's Kinderboekenuitgeverij.
Simplified Chinese edition copyright © 2018 by Guangxi Normal University Press Group Co., Ltd.
This edition arranged with Em. Querido's Kinderboekenuitgeverij through The Grayhawk Agency Ltd.
All rights reserved.
本书中文译稿由台湾远见天下文化出版股份有限公司授权使用。
著作权合同登记号桂图登字：20-2018-078 号

图书在版编目（CIP）数据

小岛来了陌生爸爸／（荷）安娜·沃兹著　；王涵平绘　；
林敏雅译. —桂林：广西师范大学出版社，2018.11
　（魔法象. 故事森林）
书名原名：My Particularly Peculiar Week with Tess
ISBN 978-7-5598-1200-1

Ⅰ．①小… Ⅱ．①安…②王…③林… Ⅲ．①儿童小
说–长篇小说–荷兰–现代 Ⅳ．①I563.84

中国版本图书馆 CIP 数据核字（2018）第 217715 号

广西师范大学出版社出版发行
（广西桂林市五里店路 9 号　邮政编码：541004）
（网址：http://www.bbtpress.com）
出版人：张艺兵
全国新华书店经销
北京尚唐印刷包装有限公司印刷
（北京市顺义区牛栏山镇腾仁路 11 号　邮政编码：101399）
开本：880 mm × 1 240 mm　1/32
印张：6　　字数：100 千字
2018 年 11 月第 1 版　　2018 年 11 月第 1 次印刷
定价：34. 80 元

如发现印装质量问题，影响阅读，请与出版社发行部门联系调换。

献给世界上最善良的狗——耶夫塔（2001 ～ 2012）

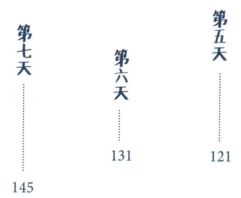

目录

第一天

十一年了，可是她爸爸竟然不知道她的存在，她妈妈把她藏起来了。

我眼睁睁地看着事情发生。

我们用爸爸的红色上衣和我的条纹上衣当作足球门的两根门柱。阳光照在我们的手臂上，海风在沙滩上窜来窜去，我们迎着风奔跑、抢球。我撑到再也受不了了，才停下来喘口气。

我看向远方的哥哥杰瑞，他无所事事，在空旷的沙滩上散步，静静地望着天空中飘过的白云。他看起来一点儿也不像是十二岁，倒像是四十岁。

"山姆，快来！比赛还在进行呢！"爸爸朝我大喊。

"好——"我回应道，不过我没有动。我感觉干燥的沙子在我脚趾间慢慢往上爬，仿佛我就是一个倒着流的沙漏，只要甩一甩脚，时间就能倒流几分钟。

"山姆！"爸爸又在叫我了。

我又看了一眼杰瑞，事情就在这时候发生了。他往前踏了一步，可是踩空了，原本应该是沙滩的地方，现在却什么也没有。他挥动双臂，整个人栽进一个巨大的坑里。

太精彩了。

一切就发生在那么一瞬间。紧接着传来他的惨叫声，我差点儿大声笑出来，还好立刻止住了。尽管海风呼啸，海浪汹涌，我还是听得到他凄惨的叫声。那不像男孩子的声音，倒更像动物的哀号，让我毛骨悚然。

爸爸和我同时开始狂奔，奋力冲过松软的沙滩。我们看不到杰瑞，他仿佛被大地吞噬了。

"杰瑞!"我大喊。

"我们马上就到!"爸爸也大喊。

我们终于跑到沙坑边，哥哥蜷在坑底，紧紧抓着自己的一条腿。他一脸痛苦，头发遮住了眼睛。过去几个星期，我认为他实在是不可理喻，现在已经不那么想了。

他一看到我们，便停止惨叫，气喘吁吁地看着爸爸。

"跌下来的时候，我只听到咔嚓一声。"他说。

我全身发抖，现在才五月初，光着手臂站在海边吹风还是有些冷。爸爸想办法下到坑底，他站直之后，坑边缘的高度大概到他的腰。我曾见过一个像这么深的坑，那是三个星期之前的事，我还记得很清楚。全班每个人都可以往坑里撒一把白玫瑰花瓣，我一直担心轮到我之前花瓣就撒完了，幸好他们准备了另一篮。我是第一个从新篮子里抓起花瓣的人。

爸爸在杰瑞身旁蹲下，把杰瑞受伤那条腿的裤管撩起来。

"小心！"我大喊。

我哥哥什么话也没说。

"你会把他弄痛的！"我大声提醒。我不敢靠近坑边缘，怕整个崩坍。爸爸解开杰瑞的鞋带，我看到哥哥缩成一团，但他还是没出声。

"爸爸，把手机给我。"我说，"我来打急救电话，他们必须派一辆救护车到海边来。"

"别那么夸张！"爸爸回答。

"可是他很痛啊！爸爸，你看！他只是没吭声，而且很显然必须送他去医院。"

爸爸点点头，说："我带着杰瑞和你去找医生。"

"可是爸爸，他不能走路。"

"我背他走过沙滩就是了，然后我们开车到镇上。"爸爸回答。

"你疯了！你背他，万一绊倒了怎么办？要是他骨头断了，就再也不能走路了。要是变成跛脚，那他就再也交不到女朋友了……"我没好气地说。

"你闭嘴！"杰瑞突然开口。

他把散落在眼前的头发拨开，眼睛直直地瞪着我。现在他又变回之前那个杰瑞了——那个过去几个星期一直都讨人

厌的杰瑞。

"我已经够痛了，不用你这个毛孩子在我耳边鬼叫。"

我往后退了一步。

我默默地看着爸爸架着杰瑞的胳肢窝把他撑起来，只见杰瑞脸色惨白，紧咬着牙。不过杰瑞什么也没说，我知道这时候我最好也不要开口。

我不能替他大叫，也不能叫救护车。他比我大两岁，我出生得太晚了——那是个重大错误的开始，但没有人可以抗议：让我们重来吧！

我蹲下身，捡起几枚白色的贝壳，然后一枚一枚丢进坑里，最后一枚正好打中杰瑞的头。

爸爸试着把杰瑞拉出沙坑时，我跑回我们放上衣的地方。爸爸背着杰瑞摇摇晃晃地走过沙滩。每走一步，爸爸就喘一口气，哥哥则呻吟一声，两个人的声音混合在一起，听起来像一只年纪很大的恐龙的声音。

这次我可以坐前座，因为杰瑞一个人需要整个后座。我们昨天晚上很晚才到，现在还搞不清楚这周围都有什么。我们的绿色度假小屋位于沙丘中比较隐秘的地方，而医生多半住在镇上。我们的汽车飞驰，沿路经过卖各式各样彩色沙滩小桶和充气海豚的铺面，以及坐满人的露天咖啡馆。我看见滴着水的卖冰激凌的推车，还有迎风招展的旗子，我偶尔回头看一下哥哥。我看着他的腿，想象着腿里面——在肌肉和流动的血液之间——是什么感觉。

"怎么样？这应该是你有生以来最痛的一次吧？"我问。

"你一天到晚想东想西，不要以为我们都跟你一样。"杰瑞回答。

我们在小镇尽头找到了一位医生。医生在一间看起来不像度假小屋的灰色矮房子诊所里上班，爸爸把我们留在车上，自己一个人跑了进去。我看着手表，三分十五秒之后他推着一把轮椅出来了。

他喘着气说："嚯！那护士好凶，她听到我们没有事先打电话预约，差点儿把我的鼻子咬下来。现在我们得等到医生有空。"

"可是爸爸，杰瑞很痛啊！我们总不能干坐在这里等医生的空档吧?"我大声说。

爸爸耸耸肩说："护士已经习惯看到有病痛的人，除非有生命危险，否则就只能等。"

他把杰瑞从汽车里抱出来，放到轮椅上。

"爸爸，可以让我推吗?"我马上开口问。

爸爸有点儿犹豫。

"爸爸，我会很小心的。真的，我知道这不是购物车。"

杰瑞苦笑了一下。当然不

能推得太快，他现在腿很痛。

爸爸哼了一声说："幸好你妈妈从来没跟我说过，你们都推着购物车偷偷摸摸做了些什么事。"他往旁边让了一步，接着说："好吧，但是不可以推得太快。"

要推着轮椅直直地往前走很难，不过我几乎没撞上什么东西。我想那凶巴巴的护士大概也觉得最好不要让我推。那护士有一头短短的金发，嘴唇上擦着鲜红色的口红，挥手的样子像交警在指挥交通。

"从这边上来！小心门框，刚刷的油漆。"

候诊室里坐满了看起来很健康的人。他们穿着短裤，脚上踩着花花的人字拖。我把轮椅推到放有乐高玩具的桌子旁边，然后坐到爸爸身旁的凳子上。我们对面的墙上挂了七种沙丘植物的照片。候诊室里充满了药的味道。

我偷偷瞄了一眼其他人，很想知道他们生了什么病，外面天气那么好，为什么要坐在这里等着看病？从外表我实在看不出来，但他们确实坐在这里。

我不由得又想到贝拉的爸爸。去年秋季运动会时，他还到学校帮忙，没有人看得出来有什么不对劲，可是那时候他已经生病了。

我来回摇晃着身体，继续等呀，等呀，等呀……

又等了很久。

然后我小声说："爸爸，你觉得最后一只恐龙知不知道它是最后一只恐龙？"

"什么意思？"他小声问。

"最后一只恐龙快死的时候，它知不知道自己死了以后恐龙就绝种了，就再也不会有别的恐龙出现了？"

杰瑞盯着墙上的沙丘植物照片看，装作不认识我们。

"我希望它知道。如果它知道自己是最后一只恐龙，死的时候应该就不会太难过了。因为，只剩下它也太孤单了。"

爸爸点头，然后说："是啊，我也这么想。"

我说的话也许他听进去了，也许没有。这一点他很在行：不用考虑就回答。他是一个好爸爸机器人。

"杰瑞，你认为恐龙可不可能和其他动物做朋友？我是说和其他种类的动物，比如说和……"

"拜托不要再问了！"杰瑞不耐烦地打断我。

"可是我想……"

"我全身都痛，你知道吗？因为这条腿，我整个假期都泡汤了。"他摇着头说，"真不敢相信，你一半是教授，一半却是五岁的小女生。我可不想谈什么一只和刺猬喝咖啡的孤单恐龙！"

一个双腿长满密密麻麻腿毛的男人在偷笑。我低头看着地板。整间候诊室里的人都听得到我们讲了什么。

"那我去车里等好了。"我说。

杰瑞说我是教授当然是胡扯。要当教授，首先得上高中，然后再上大学……我才上小学四年级。我上个星期跟他说过这些，可是他根本不理睬，还是继续这么说。

我站起来，爸爸把钥匙给了我。

"别把车开走哟！"他故意开玩笑。

我点头，然后走到外面的阳光下。

外面依然是一番度假的景象。我站在几栋房子中间，空气中带着咸味。阳光下的人行道上有一层薄薄的沙，还有一些小沙堆，这都是拖鞋、湿毛巾和充气动物玩偶夹带过来的。

我把汽车钥匙塞进口袋，接着往前走。我当然不会笨到只顾着看蓝天，我可不想掉进坑里。

钥匙在裤子口袋里叮当响，现在我的脑袋是空的。我要么就想很多，要么就什么也不想，很少处在两者之间。我在灰色房子旁边的停车场晃荡，最后停了下来。

诊所后面有一座小小的平台，平台上摆了一张桌子，桌子上放了一台笔记本电脑、一盆盆栽，还有一盏台灯，台灯的电线在灰色地面上围了个圈，插头根本没接上。

桌子后面坐着一个有着浅黄色的头发的女生，她一脸严肃。我赶紧转身，可是她已经看到我了。

"等一下！"她大喊。

我半转身。

"你知道关于斑马鱼的事吗？"她的声音跟表情一样严肃。

"不清楚……"我说。

"那你会吹小号吗?"

我摇摇头。

"你有没有学过木雕?"

我再一次摇头。她叹了一口气。

"那我不需要你,你可以走了。"

我呆住了,再一次看了看那盏插头没插的台灯,还有那盆沾满灰尘、没有花的盆栽。

然后我仔细打量那个女生。这没有问题,因为她正专心研究着笔记本电脑屏幕上的什么东西。她看起来年纪比我大,一定不是游客,穿着一双亮皮的咖啡色靴子和一件皮夹克。这小岛上的每个人都假装现在是夏天,除了她。

"站住!"她又突然大喊,虽然我一直站在那里根本没动,"我还是需要你,你会跳舞吗?"

其实很简单,我只要转身,一走了之就好了。可是她继续说:"我的意思是国标,像正式舞会上跳的那种,比如婚礼舞会。你会吗?"

"不会!"我大声地说。我就是要让她听出来,我不只不会跳,而且不想跳。

她冲我大笑。"我也不会。"她站起来说,"所以我们要学。"

她在笔记本电脑上打了一些字,按了几下键盘,突然,

13

音乐就响了起来。是过时的小提琴乐曲，不适合还有很多空车位的停车场，和海风也不搭。

"忘了说，我叫泰丝。"她说，"那我们先从维也纳华尔兹开始。"

她走到我面前。我正打算跑，可是她已经抓住了我的手。她几乎高我一个头，而且她的手指紧紧黏住我的手。我的前额可以感觉到她的呼吸。

"你的右手必须搭在我的背上。"她讲话的样子简直就像自己是这座小岛的女王，"我在网络上研究过了，只差一个人来跟我练习了。"

她把左手往我肩膀上搭。

"不要！"我闪开，往后退了一步，"不可以这样。你不能随便碰你不认识的人。"

泰丝往前一步，我很快又退了两步。那过时的音乐继续播放着，曲调不停地流淌，庄严而又欢快。

"我已经十岁了。如果你再碰我一下，我就去叫警察。"我警告她。

"十岁？我还以为你九岁或八岁。"她惊讶地说，还故意半蹲下来，"我今年十一岁，可是大家老认为我的年纪不止十一岁。"

她又向前踏了一步。

"不要碰我。"我说。可是泰丝却开心地看着我，接着用一根黏糊糊的手指戳了戳我的肩膀。

"你如果去找警察，他们会笑死。十一岁的女生当然可以碰一个十岁的臭男生。"

我双臂交叉，警告她："我就是不要你碰我。"

她的表情又变得严肃起来。"求你了，好吗?"她说，"这件事非常重要，我在今天晚上之前必须学会跳舞。"

"我才不信。"

"我接下来的人生就取决于这个了。"

她两眼直盯着我看，棕色眼珠里夹杂着浅色斑点。她不是机器人，她是一个真实的人。她正看着我。

"你觉得……"我清了清嗓子，"最后一只恐龙死的时候会不会很难过?"

她想了好久，一直到音乐播完，周围只剩下天空中海鸥的叫声。

"不管什么时候，我觉得死都是很糟糕的事。"她终于开口了，"那时一切都会停止……"她又咬着嘴唇说:"不过，要是我是最后一个，可能就不会觉得那么糟糕了。不然那样活着也很寂寞啊!"

她那带有斑点的眼睛看着我，我点点头，犹豫着往前踏了一步。

　　"你想想看，如果只剩我一个人，那就没有人可以和我跳舞了。"

　　她跑回笔记本电脑前，迅速点了一下触摸板，音乐又马上响了起来。听起来像旋转木马的音乐，但又不太像。

　　"我叫山姆。"我说。

　　她抓住我的手，那音乐让我眩晕。

　　"你右脚向前一步。"泰丝说。

　　我照她的话做，同时她的左脚往后退一步。

　　"现在左脚往旁边一步。"

　　她的另一只脚跟着我的脚一起移动。

　　"然后换右脚。"

　　我照她的话做，她的左脚也跟了上来。

　　她笑着说："就是这样。看，我们在跳舞了！"

　　我们一直跳，直到有一个人走进停车场，我们才停下来。我们两个人上气不接下气，咧着嘴笑，尽管并没有特别做什么。我的手指现在也黏糊糊的，几乎和泰丝的一样，可是这样正好。两个人都黏糊糊的，就不会觉得那么糟糕了。

　　那个人走近了。他一头白发，而且头发有点儿长，脚上穿着拖鞋，手上则拿着一个鞋盒。

　　我的爷爷和外公大概都只有他的一半老。他们都还能跑、能发短信，以及用自己的牙齿咬东西。可是这位先生真的太老了，他看起来像童话故事里跑出来的老爷爷。

　　"他们都不肯帮我的忙。"他伤心地说。他讲起话来像老人家，同时却又像个小孩子。

　　"谁不肯帮忙？"泰丝问，同时把一撮头发从脸上拨开。

　　"警察、消防员、医生……"那个人摇着头说，"我打电话给他们，可是他们很生气，说我只要把雷姆斯丢掉就行了，比如丢垃圾桶。现在换我生气了。"

　　"雷姆斯是什么？"我问。

　　他点点头，谨慎地打开鞋盒的盖子，两只手有点儿颤抖。

里头的棉花垫上躺着一只全身僵硬的黄色小鸟，它的两只脚朝天，眼睛闭着。

我曾经看见过死亡的小鸟，但没有这么近看过，也从来没见过被这么慎重地装在盒子里的。我也很想把眼睛闭起来，可是我还没有死去。而我必须看着它。

那个人也默默地盯着小鸟看，看得出来他还深爱着这只小鸟雷姆斯。

"等一下。"泰丝说。她把我拉到一边。

"那个老先生住在我们家附近。"她小声说，"有时候他会一个人提着空篮子在超市里逛。他一个人生活太久了，其实他应该进养老院的，可是他又不愿意。"

我看着他静静地站在那里。我实在没法想

象，有一天我会老到像他这样，两手拿着一个装着死金丝雀的盒子站在停车场里。可是有一件事我可以想象，我能理解他为什么不愿意把雷姆斯丢到垃圾桶里——有名字的动物是不可以随便丢掉的。

"我们必须帮他。"我轻柔地说。

"怎么帮？"

"我们可以帮他埋葬雷姆斯。三个星期前我参加过一场葬礼，我知道该怎么做。"

泰丝歪着头看着我。"你是来这里度假的，现在突然要为一只死金丝雀办葬礼，你不觉得奇怪吗？"她说。

"你不是也在停车场里跳舞？"

她大笑道："没错……其实我很喜欢奇怪的东西。我们班的同学不喜欢，而我就是喜欢。"

"我也是。"我不管那是不是真的，立刻这么回答。

"好吧。"她点头，"那我们就来办一场葬礼。可是不可以太久，因为我还有其他事情要做。"

她很快又回到那个童话老爷爷面前，然后说："先生，我们先去吃点儿东西，待会儿帮您替雷姆斯举办一场葬礼。再问一下，您家门牌是几号？"

"7号。"他有点儿惊讶，然后说。

我站到泰丝旁边，说："为了正式一点儿，我们需要一些关于雷姆斯的资料。它最喜欢的花是什么？"

老先生皱了皱他那浓密的眉毛，然后严肃地说："年轻人，雷姆斯是一只金丝雀，而且是一只不折不扣的公金丝雀，它不喜欢花。"

"噢。"我回答。

泰丝在一旁偷笑，而我装作没听到。

"那它喜欢什么？"我很有礼貌地问。

"喜欢菠菜，"老先生说，"还有樱桃，还喜欢黄色，另外还喜欢报纸，我每天都会念给它听。"他清了清嗓子，突然又露出疑虑的表情。

"所以，你们中午会过来，真的吗？"

"当然是真的。"我回答。

"我们保证。"泰丝也在一旁点头。

老先生不再说什么，转身慢慢走回家。从他弯着的背可以看出来，他有多小心地捧着他的雷姆斯。

泰丝叹了口气，然后生气地挥着手臂说："为什么人在人生的最后几年会变得这么蠢？"

"也许……"我看着老先生显得吃力的步子，说，"也许先让你习惯了变笨，等到死的时候就不会那么难过了。"

"可是我不想习惯变笨啊!"

"我就想。"我说。因为我突然理解了，你无法闭上眼睛，就只能习惯当个傻瓜了，这是唯一的办法。

等到再也看不见那个老先生，泰丝问："我们要不要再跳一遍华尔兹？我必须让心情变好。"

我点点头。

她跑向笔记本电脑，没多久，我们两个又一起在洒满阳光的停车场上滑着舞步。

一二三，一二三……

一二三，一二——

就在这个时候，我听到爸爸在叫我的名字，我们的舞步只好中断。

爸爸和杰瑞看着我们。

我哥仍然坐在轮椅上，爸爸站在他后面。阳光照在他俩咖啡色的头发上，他们的脸上还留有冬天的苍白。他们看着我，好像我刚登陆月球似的。

"我在跳华尔兹。"我冷静地说，可是我觉得自己好像飘了起来。

这是因为跳舞的缘故，但主要还是因为他们的眼神，他们从来没有这样看过我。我想拿着一面满是星星的旗子挥舞。我在这里！我正在跟一个眼珠有小斑点的女生跳舞。

"这是泰丝，她今年十一岁。"我说。

爸爸和杰瑞还是盯着我们看，看得我都觉得有点儿怪了。

"我哥今天早上掉进了一个坑里，所以我们来这里看医生。"我向泰丝说明。

这时候爸爸终于开口了："医生说杰瑞的脚踝断了。"

"噢，那你们得到登海尔德去。"泰丝说。

"为什么？这里没有石膏吗？"我问。

她摇摇头。"特塞尔这里不能照 X 光，你们必须坐船到登海尔德去照。我们这里有很多贝壳和游客，就是没有医院。"
她一脸严肃地看着杰瑞，说，"你实在不应该掉进坑里。"

"这个不用你说我也知道。"杰瑞回答。

她的手还搭在我的肩膀上，我发现我哥正盯着这看。我没有动，手也就维持原来的姿势。

泰丝想了一下说："等等，杰瑞，你有没有学过木雕？"

我不小心笑了出来。

"或者，你会不会吹小号？"

杰瑞当然搞不清楚状况，而且他也不喜欢奇怪的东西。

"我们是不是该走了？"他不耐烦地问爸爸。

爸爸点头，然后推着轮椅走向汽车。不过我仍然站着没动，和泰丝对看着：我们今天还有很多事情要做——必须准备好一场完整的葬礼，然后我还得学会另一支舞。我根本不能离开。

我只好说："我要留在这里。"

爸爸转头惊讶地看着我，说："我不能把你一个人留在这里吧？"

"还有妈妈啊！"

"她现在不舒服。你知道的，她今天没办法照顾你。"爸爸回答。

"可是——"

"山姆，我真的不想跟你争辩。你哥必须现在就去医院。不要再讨价还价，跟我走。马上！"

我垂头丧气地走向汽车。是谁规定不可以把小孩子单独留下来的？就因为那个人，全世界的小孩至少错过了成千上万个冒险的机会。我觉得很不公平。

"山姆的爸爸，请等一下！"泰丝大喊。

她跑向我爸爸。

"您的儿子今天可以留在这里。我妈妈是这家诊所的护士，我们可以一起吃午餐，然后我带他到附近逛逛。我认识这里的每一个人，而且这里很安全。我们班上的小孩几乎从来没有人受过伤，只有爱伦去年从几米高的猪圈屋顶摔下来，幸运的是她正好掉到一头猪身上，而不是水泥地面上。"

爸爸张大嘴巴，吃惊得说不出话来。

泰丝歪着头看着他说："先生，在医院里一定会等很久，您必须乖乖坐着，而且只能非常小声地说话，一直等到快疯了。这个大家都知道，真的，不骗您。如果山姆留在这里，您会比较轻松……"

她的声音像蜂蜜一样甜，而爸爸不习惯一个女生歪着头看他。

他一定不认识眼珠带有斑点的人。

"我可以把手机号码给您，这样您就可以随时给我打电话了。"泰丝说。

爸爸无奈地看着我："你真的要留在这里？跟这个女生在一起？"

我点点头："我要留下来跟这个女生在一起。"

我有点儿惊讶，爸爸和杰瑞竟然真的把我留下，开车走了。爸爸还从车窗伸出一只手来挥了挥："我一回来就过来接你！"

汽车在街角转了个弯，然后就不见了。

"你真的把他的手机号码存下来了？"我问泰丝。

她大笑："要不要我现在就打给他？你还想听一下他的声音？"

还好我不用回答，因为这时诊所的后门开了。那个看起来很凶的护士——那个一头短发、擦红色口红的护士——走出来，手上端着一盘吃的。看着走过来的她，我才发现她有多高。她一定比我爸爸高出一根中指。

"妈妈！"泰丝一边高兴地叫她，一边拉着我的手臂说，"这是山姆，他今天跟我们一起吃。"原来她就是泰丝的妈妈。

泰丝迅速地把笔记本电脑合上，不让她妈妈看到屏幕上的内容，然后开始把面包、奶酪、草莓，还有迷你巧克力棒摆出来。

泰丝的妈妈伸了个懒腰，打了个哈欠，嘴巴张得很大。

"所以，你开始交男朋友了？"她问泰丝。

她仔细地打量我，皱着眉头看我的手臂、腿、耳朵，还有头发。

然后她不怀好意地笑着说："你看看，一个小矮子游客。嗯，他不会骑到你头上，这算是优点。"

两个身穿白色上衣和长裤的女人拿着椅子走出来，没多久我们五个人就一起吃起了午餐。我什么话也没说，因为我不知道小矮子游客可不可以说话。而且那些女人叽里呱啦地聊个不停，仿佛世界根本不存在，因此也没有人理我。

我安安静静地吃，脑袋里想着爱伦掉下来时压到的猪，不知道它有没有受伤，或者只是被突然从屋顶破洞掉下来的女生吓到而已？

吃了两片面包、四条迷你巧克力棒之后，泰丝站了起来。

"我们必须开始行动了。"她把笔记本电脑塞进背包后对我招手说，"走吧，山姆！"

她妈妈又开始偷笑了，然后朝我挥手，我没有回应。

过了一会儿，我们过马路的时候，泰丝问我："你觉得她很可怕吗？"

"呃……"

"大多数男人觉得她很可怕。"

"也许她应该客气一点儿。"我说，"大多数男人不会喜欢别人叫他们矮子。我就是这么想的！"

泰丝点了点头，好一会儿都没说话。

后来她才开口："我觉得她其实那样很好。我是指男人怕她，不是指男人是矮子。她完全没有觉得男人不喜欢被叫作矮子。"

我踢了一颗小石头："我认为她应该这么觉得。"

泰丝听了咯咯笑。

我们经过一家露天咖啡馆，里面坐满了带着小孩的父母。因为正在度假，大人小孩都戴着太阳镜，在吃煎饼当午餐。

在学校，我已经习惯我总是最矮小的那一个。可是这一刻，这么多戴太阳镜的毛孩子盯着我和泰丝看，感觉很新鲜，好像第一次照镜子似的。

我还是想点儿别的话题好了，于是我问泰丝："那你爸爸呢？你爸爸也怕她吗？"

"不知道。我不认识他。"泰丝回答。

我停下来，说："你不认识你爸爸？"

她摇了摇头。

"怎么可能？"

她把两只手臂环抱在胸前："你们这些人真的都好奇怪！

只要我说我不认识我爸爸，每个人都问：'怎么可能？'每一次都这样。我也没问你爸妈是怎么把你生出来的，不是吗？"

我摆出一副臭脸。

"我没说错吧？"泰丝叹了一口气后继续说，"好吧，十二年前，我妈妈认识了我爸爸，两个人就在一起了。他们一起去环游世界，可是几个月之后，我妈妈受不了了，就决定回家，我爸爸则继续旅行。而我妈妈回到家后发现自己怀了个孩子，那就是我。"

"你爸爸知道了怎么说？"

"我妈妈根本没告诉他，因为他们已经分手了。可是她想要这个孩子，所以就独自生下了我。"

我们的头顶上飘着炸鱼店的旗子，空气中有炸鱼块和美乃滋的味道。

"所以你爸爸压根儿就不知道你的存在？"我问。

她点了点头。

我看着她，这个女生已经会呼吸、行走，还会四处看。十一年了，可是她爸爸竟然不知道她的存在，她妈妈把她藏起来了。想象一下，即使哪天她爸爸想到全世界的人，却不知道其中有一个是他的女儿。

"走啦，小矮子游客！"泰丝跑了起来，"你盯着我看得够久了。我们还要办一场葬礼，要怎么做？"

我咬着嘴唇。我刚刚把雷姆斯的事全忘了。

"你们这里有没有超市？"我想了一下，然后问。

"我们不是在月球上，这里当然有超市。"

"有卖包装纸的店吗？"

她点头："就连这个我们这儿也有，目前只有爸爸没有卖，其他的我们这儿都有。"

我努力不盯着她看，可是实在太难了。

她爸爸还不知道她的存在，可是她已经知道她有爸爸，就在世界上的某个地方。这是肯定的，否则她妈妈不可能生下她。

也许他已经死了，也许他在环游世界的时候被鲨鱼吃掉了，也许是掉进了火山口。

"你妈妈让你上网搜寻你爸爸的信息了吗？"我问，"这样你就可以认识他，告诉他你在哪里了。"

她一边摇头，一边看着两只海鸥在争夺一个空薯条盒子。

"我妈妈没有告诉我他的名字。"

"什么？"

她仍旧看着那两只灰白色的鸟，说道："要等到我十八岁的时候，她才告诉我。她觉得现在这样两个人过日子很好。

我们不需要男人。"

　　"她那么随便就帮你决定了?"我问。

　　"不是。"她抬头看着天空，"我妈妈慎重考虑了很久，最后她的结论是这样比较好。"

　　"噢。"我不知道该说什么。

　　一个小时之后，我们去按童话老爷爷的门铃。我很紧张，因为泰丝跟我说，葬礼由我主持，她从来没有参加过葬礼。她认识的人都还没死。

　　"你们来了！"老先生惊讶地大喊，好像他根本没料到我们真的会来。也许他只习惯那些没有办过葬礼的普通小孩。

　　泰丝走在前面，先进了屋子，她又忘了葬礼是由我主持。

　　"您好，先生。我是泰丝，这是山姆。"她介绍道。

　　走道有点儿暗，而且有股奇怪的味道，像圣诞节的味道，可是现在才刚过复活节。

　　"我叫哈德瑞克。你们不要叫我先生，那样我会觉得自己老了。"老先生说。

　　他拖着脚步带我们走进客厅。里面的家具布满了灰尘，有点儿脏，和我想象中的样子一样。但是墙壁就不一样了。

　　从墙角到天花板都挂满了从报纸上剪下来的照片，不是那种无聊的随风摇摆的沙丘植物，而是你一定会注意看的照片。有一张很大，上面是奔驰的马，马鬃和马尾飘扬；有一张很奇怪，上面是一只乌龟趴在电子秤上；还有一张很好玩，上面是一只猩猩用充满爱的眼神看着一只兔子——照片下面印着：莎曼塔有了宠物。

我直接跑到墙壁前，读上面有关猩猩莎曼塔的报道。它住在美国的一座动物园里，伴侣过世后它很寂寞。于是照顾莎曼塔的工作人员就给了它一只兔子当宠物。为安全起见，工作人员先在角落准备了一个兔子洞，好让兔子在危急的时候可以逃进去躲起来。可是兔子根本没逃走，它一直留在莎曼塔身边。

"那只猩猩把食物分给那只兔子。"我听到哈德瑞克小声说，"很伟大，对不对？所以我还活到现在，就是为了可以读到这样一个猩猩喜欢兔子的故事。"

我转过身，看到老先生站在窗子前面，旁边有一个空的鸟笼。桌子上摆有装着雷姆斯的鞋盒，以及一盘蛋糕。

"我买给你们的。葬礼之后都会吃蛋糕，没错吧？通常是这样吧？"哈德瑞克说。

我点头。

"泰丝说你家有院子。要不要到外面去？我们可以替雷姆斯找一个地方。"我说。

我们挖了很久，这样洞才够深。由于只有一把小铲子，泰丝用的是一根汤匙。挖掘的地点是哈德瑞克指定的，在一棵正开花的苹果树下。我们头顶上的苹果花随风轻轻摇摆，花苞是粉红色的，盛开的花像雪一样白。

我抬头看着开满花的树枝，还有树枝上空的蓝天，心想，与这样的景色对应的，起码应该是王子的葬礼。闪耀的阳光、开满花的苹果树——这一切全为了一只小鸟？它就只剩几根骨头和羽毛……

可是，树当然不是为了我们而开花，阳光也不是为了雷姆斯才闪耀。

坟墓终于挖好了，我们再一次一起看着那只小金丝雀，然后用黄色的包装纸把鞋盒包起

来，那是雷姆斯最喜欢的颜色。泰丝拿着笔记本电脑，我把鞋盒放进洞里。我们三个人低头看着灰色土壤中的黄色盒子。

"您还有没有什么话想说？"我问哈德瑞克。

他点了点头。

哈德瑞克努力挺直背，然后两只手握在一起。

他认真地说："雷姆斯，我这一辈子养过狗、猫、兔子，还有你。我很爱你们，我把食物分给你们吃。"

他咳了一下。

"没有你，我的房间变安静了，但我还是很庆幸你比我先走。如果没有了我，你该怎么办？"他又清了清嗓子，"我现在已经太老了，不能再养新的宠物了。所以，你是我最后的宠物，我会想念你。永别了，雷姆斯。"

他倒退了一步。

四周瞬间变得很安静，泰丝点了一下笔记本电脑，晴空底下重新响起了音乐。这次不是舞曲，而是一首歌。泰丝和我一起选了这首《我相信我能飞》。

音乐中，那个歌手唱着他相信他能飞，而我拿起超市的袋子，我们从中取出浅绿色的菠菜撒在盒子上，再把发亮的樱桃放上去。

苹果树的落花飘落在我们身上。音乐继续轻声播放，我和泰丝在洞前跪下。我在鞋盒上撒了第一把土，然后轮到泰丝。我看见她的嘴唇在颤抖。

我们以前不认识雷姆斯，而它只是一只金丝雀。可是它死了，这让我想起所有已经死了的人和动物，还有所有将来会死的人和动物。

突然间我明白了。我想到了世界上所有的人。包括爸爸、妈妈，还有我自己。

我们走过转角的时候，满肚子都是蛋糕。我们准备去的泰丝家就在这条街上，可是我满脑子想的仍是哈德瑞克。我从来没有碰到过这种事：一个大人对我说了至少十七次"谢谢"。

哈德瑞克每说一次"谢谢"，泰丝和我就吃一口蛋糕。这是我们在他面前唯一能做的——吃他准备的蛋糕。

"我本来一直搞不懂，"泰丝说着用一只手扫过带刺的篱笆顶端，"怎么会有人形容葬礼很美好，不过我现在终于懂了。"

"你差点儿就哭出来了！"

"那是……"她有点儿犹豫，"因为太感动了，就像看了好看的电影一样。"

"你会在看电影的时候哭？"我惊讶地问，"一把鼻涕，一把眼泪吗？"

"你是男的，你不懂。男的没有感情。"泰丝回答。

我没有接话。我想到三个星期之前贝拉的爸爸的葬礼。当贝拉朗读她的诗的时候，我们全班同学都哭了。所有男生都是，包括我们的男老师，还有贝拉的爷爷。

泰丝打开前院篱笆的小门，院子里开满了雏菊。她沿着一条小路走到蓝色的大门前，这时候她的手机响了。

"会不会是爸爸？"我马上开口问，可是泰丝打了个手势要我安静。

她先立正站好，脸上挤出甜美的笑容后才接起电话。

"特塞尔黄金度假小屋！"她的声音像是在拍牙膏广告，"法贝尔先生您好，谢谢来电……"

泰丝在接听电话，而我看到她的脸颊在变红。

"您已经在船上了？"她一边说，一只脚一边不安地踢着雏菊。

"没问题，先生。一个小时后，我会叫人去小屋等，把钥匙交给您。再见，法贝尔先生！"

泰丝把手机收起来，看着我。她整个人上气不接下气，尽管她只是站在那里，根本没有动。

"我必须走了。"她紧张地说，"我们在海边有一栋度假小屋，有时候会出租。我现在要马上过去把钥匙交给客人。我以为那个人今天傍晚才会到，可是他已经提前抵达了。"

"我可以跟你去。"我说。

她马上说："不行，你不能跟着去，他……"

泰丝咬着下唇，然后转身对着前门。

"我必须喂猫、买花、开窗户，还要准备好行程表……"她自言自语。

个子矮有时候也是有好处的，泰丝几乎没注意到我跟在她后面进了她家。她家不大，但是我简直不敢相信我的眼睛，所有的颜色都好鲜艳，壁纸上的图案是巨大的花朵，窗台上摆了五盆很大株的仙人掌。你可以看得出来，这里住着一个让大多数男人害怕的高大女人。

泰丝跑进厨房，匆忙地把饲料倒进一个荧光色的小碗。一只胖猫依偎在她脚边。泰丝摸摸它圆滚滚的肚子，并且低声说了些什么。

接着她站了起来，正眼看着我。

"我脑子里只记得三种热带观赏鱼！我才刚学会华尔兹，我不懂爵士乐……"她摇摇头，"不行，我平常什么都敢，可是现在不行了，我不敢！"

我不懂她在说什么。只有一点我很确定，我不要一个人被她留在这里。有时候一个人留下来很好，如果爸妈不在，就可以做点儿冒险的事。可是不能在葬礼之后，也不能在满是仙人掌的屋子里。

"我跟你去。"我尽量让自己听起来像个大人，像是我要帮她忙，而不是自己感到无助，"你不是要先买花吗？"

她点点头。

"你有度假小屋的钥匙吗？"

她再次点头，可是随即又摇头了。

"你没有自行车！而妈妈等一下就回家了。不能让她发现我不在。"

我越来越搞不懂她在说什么。如果泰丝和她妈妈经常出租度假小屋，那她们应该很习惯要先拿钥匙给游客，那她妈妈应该是最早知道法贝尔先生提早到的吧。

"我可以坐在你的自行车后座上。"我用冷静的大人口气说，"你用手机给你妈妈打电话，说你今天晚上要跟我一起吃晚餐。那我们就有很多时间了。"泰丝犹豫不决，她的脸颊好红，两只手不安地摆动着。

最后她终于开口了。"好吧。不过你不可以说话！"她抓住我的手臂说，"等一会儿到了度假小屋，什么话都不可以说，你可以保证吗？"

隔着上衣我还是感觉到泰丝的手指正掐住我的手臂，好像再也不会放开我似的。

我郑重地回答："我什么也不会说。我保证。"

她点头："好吧。我们要赶快，走！"

风吹乱了我的头发，世界从旁边飞过。

泰丝拼命踩着自行车，我感觉到她的肚子在上下起伏，我怕掉下来，因此用一只手臂揽着她，用另一只手臂抱着一大把黄色的郁金香。

我们骑过沙丘，经过一段很宽又没有坑的自行车道。上坡时速度很慢，但下坡时我们的速度简直比光速还快。沿路长着树干弯着腰的老松树，还有满是绿色嫩叶的橡树。

这是我第一次来特塞尔，而我现在就已经喜欢上这座小岛了。在咖啡馆可能会觉得游客很烦，可是这里除了泰丝在我眼前，别无他人，她边喘气边踩着自行车。

有那么一刻，我甚至想到了我哥哥，可怜的杰瑞，跌断了脚踝，一整个星期都不能骑自行车了。不过我随即想到他变得有多让人讨厌，我已经没有好哥哥了，他现在开口闭口都是六年级的音乐剧。他就是因为不想和我们踢足球才掉进坑里的。

"到了！"泰丝上气不接下气地说。

自行车飞快地冲到咖啡色小屋的门前。那是一栋平顶的小屋，窗户拉上了有大花图案的窗帘。泰丝跑上木梯，打开门，像一阵旋风吹进屋子，接着打开窗户，把郁金香插进花瓶，把纸张放在桌上，然后回到前廊，站在我旁边。

她的额头冒着汗珠。

她站在原地，可是双脚一直抖。尽管我才认识她半天，但我知道这很不寻常。对其他女生来说也许算正常，可是泰丝不一样。

"我快昏倒了。"她说，而且她真的突然脸色发白，"真的，我要昏倒了。"

"不会吧，法贝尔先生没那么可怕吧？"

"你根本不懂。"

"你们不是常常把屋子租给别人吗？"

"可是这次是我爸爸！"她大喊，但是立刻又捂住了嘴巴。

这时候我们听到汽车从远处开过来的声音。

"他到了。"她低声说。

"你爸爸？可是你不是说你不认识你爸爸吗？"我惊讶地问她。

"我是不认识他呀！我的意思是我从来没看到过他。可是几个月之前我发现了他的名字。"她抓住我的肩膀说，"听好，闭上你的嘴！他什么也不知情，他不知道我是谁——他连我

的存在都不知道。也许他以后也不用知道，我——"

　　一辆蓝色的汽车向小屋开过来，泰丝放开我。她擦了一下额头的汗，我看到她的手在发抖。那一瞬间我以为我听到了她的心跳声，不，原来是我自己的心跳声。

　　汽车最后停在小屋旁边。沉重的引擎声轰地停了下来，突然空间变得异常安静。我不敢再眨眼睛，我连一瞬都不想错过。

　　终于，前排车门开了，一个身材高大的男人下车了。他拨了一下头发，然后看看四周。他看起来比我爸爸年轻，不过可能是衣服的关系。他穿了一件有破洞的牛仔裤，T 恤上面印着笑脸符号。接着前排的另一扇门也开了，一个红发女人下车。我屏住呼吸。那是谁？泰丝知道她也会来吗？我快速瞄了泰丝一眼，但看不出什么异样，她看起来并不惊讶，可以说是面无表情。

那个高大男人走到前廊，他先和泰丝握手，然后才和我握手。

"我是雨果·法贝尔。"他很亲切地说。

他看着我，就在这一刻，我看到他的眼珠也有斑点。

除此之外他和泰丝看起来不怎么像，这个男人的发色比较深，脸也比较消瘦。可是看到他那双棕色的眼睛，我马上确定：这是她爸爸。这是真的，他存在于这个世界上，就在眼前。

这时那个红发女人开口了："嗨，我是艾丽丝。"

"您好！"我含糊地说，同时伸出手和她握手。

泰丝什么话也没说，只是站在那里盯着雨果·法贝尔看。

我握着拳头，试图想象她的脑子里在想什么。我想象着我从来没有见过爸爸，不知道他说话的样子，也没看过他走路和生气的样子，然后他第一次站在我眼前，那是什么感觉？

我会非常高兴吗？还是只能确定一件事：我不认识这个人。我们没有一起去过公园。他不知道我五岁时的生日蛋糕是什么样子。我第一次坐飞机的时候他不在旁边。

泰丝还是没吭声，表情也没有变化。艾丽丝再次露出微笑，雨果看了看我后又看着泰丝。随着时间推移，沉默让人越来越难受。

"欢迎来到特塞尔。"最后是我打破沉默。

我原本答应什么话也不说的，可是现在情况特殊。不能让泰丝的爸爸突然觉得泰丝很奇怪。

"来的路上没有迷路吧？"我问，口吻听起来接近正常。我听不到雨果·法贝尔和那个红发的艾丽丝说了什么。我看着他们的嘴巴在动，可是他们的回答没有进入我的脑袋。我靠近泰丝一步，抓紧她的手，捏了下去，刚开始轻轻地，后来用力一些，接着更用力。

"噢!"她终于发出声音，打断了艾丽丝的话，"我来解释一下怎么使用微波炉和怎么调电视，你们的行程也排好了。请进!"

我们跟在他们后面进了客厅。窗帘被风微微吹动，桌子上插了一束黄色的郁金香。

"遥控器在这里。先按这个按钮，接着就可以选台了……"泰丝向他们说明。

雨果点点头。

"暖气呢？五月初的晚上有可能很冷。"他问。

"没问题。"泰丝走到走廊上说。她爸爸跟在后面，浑然不知自己的女儿就在眼前。

泰丝很快就把屋子介绍完了。雨果和艾丽丝向我们道谢，然后高兴地去把车里的行李搬进来。

我和泰丝一起走去推自行车。雨果跟我们挥了挥手后就进屋了。

"你觉得他怎么样?"我立刻小声问。

现在他们已经看不到我们了，我好想又叫又跳。我对泰丝是怎么发现她爸爸的名字的以及他为什么会到这里来好奇得不得了。

泰丝一言不发地推着自行车，我刚跳上后座，她就飞快地骑出去了。

"你有没有看到他的眼睛?"由于迎着风，我不得不大声喊，"他的眼珠也有跟你一样的斑点!而且比你妈妈还高，他以前一定不怕你妈妈。"我大笑。

松树的味道随着暖风飘进我的鼻子，而橡树看起来似乎比我们刚才来的时候还绿。我感到热血沸腾。

"你一眼就看出他是你爸爸了吗?跟他握手的时候有没有觉得很怪?我的意思是——"

突然传来尖锐的紧急刹车声，幸好我及时跳下车，否则我们就翻车了。

泰丝冷不防转过身对着我说："你这个白痴！根本什么都不懂！"

我惊讶得说不出话来。

"我怎么知道那个人到底是不是我爸爸？我又不认识他，今天才第一次见面。我看着他，却没有感觉。完全没有感觉。"

我往后退一步，因为她边大叫还边喷口水。

"完全没有感觉？没有感到颤抖，或是一点点、一丝丝的惊喜？"

她摇了摇头，慢慢闭上眼睛。

我看着她，我却有很多感觉。

"我现在知道了。"她的声音变得沙哑，"大人都在骗我们，他们假装家很特别，其实根本没什么。"

她拨开脸上的一撮头发。

"你知道那个电视节目吗？被领养了四十年的人寻找自己的亲生父母，然后在中国或在玻利维亚的某个地方和家人大团圆，大家抱在一起哭成一团。"

我点头，那是我妈妈爱看的节目。

"我总是想，他们真幸福！"泰丝说，"因为他们有办法知道。他们能感觉到那个满脸皱纹的老人是他们的爸爸。可事实不是这样！那是装出来的，因为他们其实什么感觉也没有……"

远方有一对爸妈带着四个小孩骑着自行车朝我们过来。他们靠近时，六张嘴卖力地唱着歌。我看着他们，两手握拳。我不信那是骗人的，我不信大人是假装的。

等那一家人消失在沙丘后面，泰丝才接着说："雨果·法贝尔不是我爸爸。他只是一个穿着破牛仔裤和幼稚 T 恤的男人。"她把鼻尖抬高，接着又说："不过就是碰巧和我妈妈在一起过而已。"

"恶心。"然后我又补了一句，"事情才不是这样。"

泰丝故意装出家一点儿也不重要的样子。那我爸爸为什么要请假带我们到特塞尔来？为什么杰瑞和我在母亲节那天要为妈妈做早餐？还有，为什么贝拉的爸爸死的时候她哭得那么伤心？如果这些都是假装的，究竟有什么好处？

"你必须想办法认识那个人。如果他知道你是谁，一定会不一样。"我说。

"我不需要他了。"泰丝一边说，一边摇头，"我想象的爸爸比他好多了。"

"你很笨啊,你宁可要一个想象的爸爸,而不要一个真的爸爸吗?"我说。

"那个人不是我爸爸。"

"你应该好好想一想!"我不耐烦地大喊,"你有一半来自你妈妈,一半来自雨果·法贝尔。那个人是你的爸爸,就这么简单。"

她看着我说:"你说这样叫简单?"

"是啊,当然!"

她一脚踩上踏板。"哇,我原本以为你很聪明,懂很多,原来你什么也不懂。"她挥了挥手,"再见,山姆。"

说完她就骑着自行车走了。

我花了十三秒钟才反应过来。

"等等!"我大喊,然后开始追着她跑,"你不能随便丢下我!"

可是这正是她现在做的事。

泰丝骑着自行车头也不回地走了。夕阳下,她的头发变成金色,随风飘扬,她的自行车闪闪发亮。我拼命地追赶,可是怎么也追不上。

跑到下一个沙丘时,我已经上气不接下气。泰丝的身影越来越小,先是像个小矮子,再慢慢变成一个点,最后不见了。

　　泰丝没有回头。刚开始我还想，她会再回来的。

　　如果是杰瑞，他就会这么做。也许刚开始他会骑着自行车离开，可是不管他有多生气，最后总是会回来。我很确定。

　　不过泰丝就不是这样了。

　　我跑到路边的一棵松树下，忍不住开始踢树干。

　　"你自己才是大笨蛋！"我大喊，声音大得要把所有海鸥的耳朵都震痛，"你自己才什么都不懂！你才是笨蛋！"

　　树皮的碎片飞散到空中。我上气不接下气，脚趾痛得要命。但我还是不甘心，继续一次又一次地踢树干——然后突然停了下来。

　　我一边站着喘气，一边看看四周，自行车道上没有了人，天空中也没有了海鸥，草地上空荡荡的。我把所有的海鸥都赶跑了。

　　我的脚趾好痛，心怦怦乱跳。其实我还是不敢相信，泰丝知道我没有手机，而且我不认识这里的路，她竟然把我丢下不管！

　　所有快乐高歌的家庭现在都回家吃晚餐了，没有人会路

过让我搭便车。我咬着嘴唇，真的没有别的办法了，我只能
自己跑。

我这么做了，但我只知道应该朝哪个方向，其他的完全
没概念。

我哭了一会儿，不过没人看见，所以我可以假装什么事
也没发生。

"笨泰丝。"我每跑一步，就骂一次。

"笨泰丝。"

"笨泰丝。"

明天警察会发现我死在这里，饿到全身干瘪，渴到身体
发黑。泰丝一定会后悔的。她会在我的葬礼上听到人们说我
是多么聪明的小孩，不管什么我会一下子就懂了，然后她会
号啕大哭。

我开始偷偷地跑快一点儿，我才不想饿死和渴死在沙丘
上。运动鞋在柏油路面上跑起来一点儿声音也没有。夕阳照
进了我的眼睛。

我一个人在这里跑着，而这时杰瑞和爸爸在医院，笨泰
丝骑着她闪亮的自行车跑了，雨果·法贝尔则正在打开行李。

那个人是她爸爸，不过也可能不是。

我当然能理解。我知道突然看到他，泰丝一定会感觉很

奇怪，我理解这一切不可能那么简单。每次我喘着气跑到下一座沙丘顶，都会想，我会看到泰丝。她就站在那里等我。

但是根本不是这样。

我越来越饿，嘴巴也好干，不只脚趾痛、脚底痛，脚跟也痛。再这样下去我的手指可能也要干到缩短了……

这时突然看到一条我认得的小路。我瞪大了眼睛，好像看到了一只活的恐龙。那条铺着黄色小石子的路就通往我们家入住的度假小屋！我开始冲刺，马上不在乎脚痛了。

尽管昨天才刚住进去，可是当我看到小屋的绿色屋顶时，还是高兴得不得了。阳台上的玻璃拉门是开着的，于是我直接飞奔进了客厅。

"山姆！"

妈妈坐在沙发上，肩膀上披着毯子，她的腿也抬到沙发上，大腿上放了一碗汤。确实是我的妈妈，我跑过去搂住她。我从来不会这么做，可是现在情况不一样了。

　　她没有满脸皱纹，也不住在玻利维亚，而且我已经认识她十年了。有时候她可能一整天都没办法照顾我，因为偏头痛的缘故。那是世界上最严重的头痛，一点儿声响、一点儿动作都会让她受不了。她没办法吃，没办法喝，没办法看书，也没办法到海边去。

　　可是现在她端了一碗汤放在大腿上，这代表她的头痛好了。妈妈又恢复了。

那天晚上，只有妈妈和我睡在我们的小屋里。杰瑞的脚踝必须开刀，必须等到第二天才能做，他只好睡在医院。爸爸就在登海尔德找了一家旅馆，这样就不用坐船来来回回。

我躺在陌生的上铺，好不容易才睡着。

刚开始我想到哥哥，他现在一个人躺在有小轮子的白色床铺上，脚踝痛，又没有家人在身边。

然后我想到雨果·法贝尔。他虽然有家人，但是自己却不知道。这实在太疯狂了。女人绝对不可能不知道自己生了小孩，但男人就不一样了。

我翻了个身。

我觉得泰丝的妈妈不告诉雨果真的是太坏了。她怎么可以自己秘密独占小孩呢？

我又翻了一次身。

我还是搞不懂雨果为什么会在这里。泰丝怎么能没告诉他自己的身份就把他引诱来岛上？她怎么办到的？

这个问题在我脑子里跳起华尔兹，我慢慢觉得头晕，却不肯停下来。我经历了人生很奇特的一天，现在已经结束。

泰丝生气了，接下来不管事情如何发展，我也不会知道了。

噩梦在我不知不觉睡着的时候来临。

我站在沙滩上一个坑的边缘，坑底躺了一个闭着眼睛的男人。

我旁边站了一堆人，他们把手放在我的肩膀上。

"真不幸，你爸爸死了。"他们对我说，"你一定很伤心。"

我看着坑里的那个男人，然后大喊："那个人不是我爸爸！"

"当然是。"这时候花瓣从空中飘落，那些人说，"你应该认得自己的爸爸吧?"

"他不是！"我大喊。花瓣飘进我的眼睛和嘴里，我把它们拨开，可是花瓣越来越多。这时候我突然看清楚了，躺在坑里的人真的是爸爸！

我尖叫起来。

第二天

『奇怪！』他抬起头说，『我认识一个人，她有一模一样的篮子。』

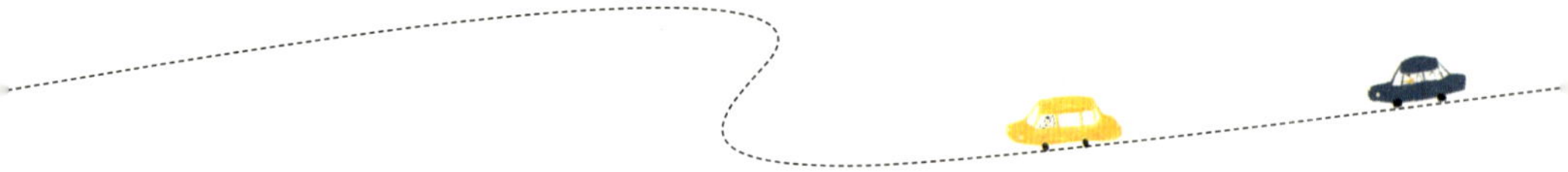

第二天，我很早就醒来了。一睁开眼睛，就发现我躺在妈妈旁边，睡在她的大床上。我不记得自己是怎么到她床上的了。

我们把前天来的路上吃剩的葡萄干面包烤好当早餐，一起在阳光下享用。

那些塑料椅子因为沾有露水，还湿湿的。到处都听得到小鸟唱歌，却看不见它们的踪影，但我看见一只兔子在沙丘的草丛中一闪而过。我深呼吸，带有咸味的空气刺激到肺部，手臂几乎要起鸡皮疙瘩了。

我的脑子里还是想着，少了我之后发生的故事。

笨泰丝现在一定是和她妈妈面对面坐在她们家那张浅绿色的餐桌前。她吃着堆得像座小山的什锦麦片，故意拉长早餐时间，好告诉她妈妈有关猪圈和小矮子游客的事。

而她妈妈还是完全不知道泰丝做了什么。

她不知道雨果·法贝尔已经来到这座小岛，也不知道泰丝昨天已经见过他，而且她不知道她女儿再也不想见到他了。

"我们等一下要不要走去镇上？"妈妈兴冲冲地问，"我们可以去买东西，还可以租自行车。"

"走路？妈妈，你在开玩笑吗？"我问。

"走半个小时就到了，否则我们也只能坐在这里等你爸爸和杰瑞开车回来。"

我深深地叹了一口气。因为昨天的缘故，我两脚无力，今天早上是我生平头一遭醒来感觉小腿酸痛。不过妈妈当然不知道。我只跟她说了泰丝的事，我没有告诉她关于雨果·法贝尔的事，还有我被丢下后一个人跑回来的经过。她不知道我昨天差点儿被沙丘上的兔子吃掉。

我本想说不要走去镇上，可是我又想到，说不定在镇上会碰到泰丝。就那么巧，也许在超市或是在街上吧。我当然知道我们吵架了，可是就算吵架，谁也不敢保证再也不相逢。

"好吧。"我说。不久我们就出发了。

妈妈穿了一件蓝色的条纹裙子，我穿了 T 恤加短裤。我们故意一身夏天的打扮，很好玩。

我们经过宽阔的草地，那里到处是调皮的小羊和懒洋洋的母羊，那些大一点儿的羊一边玩一边吃草，跟正常的动物没什么两样。可是小一点儿的羊只是站在那里，腿不停地抖着，它们睁大眼睛好奇地看着四周，仿佛今天才第一次看到这个世界。

也许它们真的是刚出生。

"妈妈，你和爸爸谁比较聪明？"我问。

"多奇怪的问题！"她大笑着说，"你爸爸算术比较厉害，但我很少写错字，还有我比他更懂电脑，至少电脑不对劲的时候我不会乱弄。"

"可是如果你们必须参加一场考试，正式的那种，比如毕业考试——谁会考得比较好？"

她突然陷入沉默。

"山姆，你知道我不想再听到和这有关的事。"她终于开口了。

"我知道不准再提杰瑞毕业考试的事！可是我现在想问的和那个一点儿关系也没有。"我说。

她没回答，我踢着脚下的沙。

从杰瑞拿到成绩单那天起，已经有两个月不准提他毕业考试的事了。只是爸爸、妈妈没有说如果我提了会怎么样，也许他们自己也不知道吧。我们家规矩很多，但是没有罚则。

镇上的商业街比昨天还热闹。卖煎饼的露天阳台上坐满了人，商店里的人也多得不得了。在特塞尔有三种纪念品可以选：做成羊形状的用具、用羊毛做成的用具、用羊毛做成的羊。除此便没有其他的选择了。

我们一直走，一直走，一直走……

"我们要去哪里？"我问。

"到租自行车的地方，就在这条街的尽头。"

"可是那里还有那家诊所！"我说，"我们昨天才去了那里的。"

妈妈惊讶地看着我问："那有什么关系？"

我想解释，可是没办法。我不知道要从哪里说起。

于是我们继续往前走。

我轻轻地摇头，这么一来可不妙。原本我想的是，我和泰丝偶遇，而不是我和妈妈就这么一起直接过去那里。

慢慢地，我们越来越靠近医生所在的那栋灰色房子。

也许她根本不在那里，我心里这么希望着。就在这一刻，我已经准备好说什么也不继续往前走了。真想我的脚踝现在断掉，可是这么一来更糟，那我就一定会去医生那里了。

还有五步，四步，三步，然后我们看到了诊所后门的那个平台。那张桌子，还有台灯和盆栽依然摆在那里。泰丝就坐在桌子后面，好像什么事也没发生过似的。

昨天她大骂我什么也不懂，还扔下我一个人。我必须生她的气，这是一定的。

不过今天她的头发扎成了闪亮的马尾，尾端还有点儿翘。她身上的咖啡色外套和眼珠的斑点相配。我试着不去看她，我试着告诉自己，我是男生，男生才不在乎颜色搭不搭配。

不过我老是有不对的想法。我是男生，而我真的在乎搭不搭配。

"真巧！"妈妈停下来看着我，"那儿是不是昨天那个女生？是她带你逛了镇上？好极了，我现在可以认识认识她。我们去打个招呼吧！"

这真是场灾难，可是我没办法阻止。太迟了，泰丝已经看见我们了。

"嗨!"妈妈雀跃地打招呼。

她穿着那一身蓝色条纹裙子走过停车场，在桌子前停了下来。

泰丝什么也没说，只是看着我。

我想要跟她解释，到这里来不是我的主意，可是没办法。因为妈妈在，而且她已经开始说话了。

"真高兴认识你。"她对泰丝说，"山姆告诉我，你们昨天一起玩得很开心。"

泰丝皱起眉头，我真想找个地洞钻进去。

有一次，那时我上一年级，我在学校尿裤子了。或者说得更清楚一点儿，我尿在了黄色的小鸡戏服里。那一天是我们的戏剧公演，我是复活节小鸡五号。可是跟今天的情况比起来，那时根本不算什么。不可能再有比此刻更糟糕的事了。

也许还是有可能有。

诊所的后门开了，泰丝的妈妈走出来。她今天擦的是粉红色的口红，而且个子看起来比昨天还要高一些。

"小山姆！"她大喊，"我最喜欢的小矮子游客……"她也看见我妈妈了。"您一定是山姆的妈妈。"她跟妈妈握手，然后说，"嘿，他们两个现在可要好了！"

泰丝的脸颊慢慢涨得比我的还红。我看着她四处张望。她跟我一样不知道该怎么办。

她妈妈大笑着说："我们家泰丝今天一大早就开始准备野餐的东西了。你们两个又要一起出去玩啊，很好。"

"妈妈！"泰丝生气地说。

她妈妈赶紧用手捂住嘴巴。"啊！你是要给山姆一个惊喜吗？"她摇摇头说，"真对不起，宝贝——我不知道。"

"你们要去野餐，真是太棒了！"我妈妈大声地说。

我看着泰丝。她昨天把我一个人丢下不管，今天要给我一个惊喜？我才不相信。

"对，呃——"泰丝摸着外套的拉链，说，"昨天真的，嗯——很好玩。"她的脸颊更红了。"所以我想说今天我们可以一起去野餐。因为，因为……"

她又犹豫了一下，我等着她往下说，差点儿透不过气来。

接着她说："我想，当然必须先认识一个人，才能决定是否再也不要见他。因为也许那个人其实人很好，我是这么想

的……山姆，你说呢?"

她用哀求的眼光看着我。突然之间我明白了，那些野餐的东西不是为我准备的。她想通了，所以这些是为雨果·法贝尔准备的。

我有两秒钟的时间可以考虑，是要帮忙还是要出卖她。其实我根本不需要那两秒钟。

我耸耸肩说:"好。"

"好而已?"两个妈妈很不高兴地大喊，"你就不可以再热情一点儿吗?"

不过泰丝露出了笑脸。

"我们要不要先去租自行车?"我妈妈问，"然后你们就可以一起去野餐了。"

我点头，说:"我觉得这主意不错。"然后我看着泰丝又说:"在这个岛上，最好还是有自己的自行车。"

　　我租到的自行车是蓝色的，比我家里的那辆好骑多了。妈妈骑着自行车去超市，我则转个弯回到诊所的停车场那里去。只花了四秒钟就抵达了，有点儿太快了。

　　泰丝神情严肃地盯着笔记本电脑屏幕看，直到我站在她面前，她才抬头看我。现在我们的妈妈都不在，不必再演戏了。实在很不好受，因为我不知道该说些什么。

　　泰丝把一撮头发塞到耳后。我什么话也没说，只是看着自行车的铃铛，然后按了几下——至少制造一点儿声音。

　　"我从来不说'对不起'。"泰丝突然开口。

　　我惊讶地看着她问："为什么?"

　　"妈妈认为女人太常说'对不起'了。她觉得就是因为女人太常说'对不起'，才会被小看。"

　　"嗯。"我回答。其实我觉得女人还是小一点儿比较好。

　　"所以，'抱歉'……这个词我也从来不说。"泰丝说。

　　我想了一下，然后问她："'我不是故意的'，这你会说吧? '我不是故意要扔下你一个人'——可以说吧?"

　　她摇摇头说："这听起来太像'对不起'了。"

我们互相看着，看得比平常还要久。然后我们两个开始大笑。

"那个野餐……"泰丝不好意思地说。

"我知道那不是为我准备的。"

她点点头，说："我替雨果和艾丽丝安排好了整个行程。我先前都想好了，这样就可以偶尔见到他们。"她叹了一口气后接着说："我昨天真的想放弃了。可是昨晚……"

突然间我仿佛看见沙滩上的那个坑又出现在我面前，而且脖子后面有奇怪的刺痛感，还有人在我身上撒花瓣。

"直到我躺在床上，才突然真的明白了。这是我唯一的机会。爸爸只在岛上待一个星期，我现在可以和他面对面说话，不久之后就没有办法了。"

她看着手机屏幕说："我必须走了，否则他们就没有午餐吃了。"

我点点头，什么话也没说。

我保持镇定，但其实很想大喊。因为这也是我唯一的机会，我也只在这岛上待一个星期，现在可以面对面和她说话，不久之后就再也没有办法了。

泰丝把笔记本电脑合上，我依然把脚踩在自行车踏板上。

"你现在要做什么？"她问。

"回家。"我说，"早餐我只吃了一片葡萄干面包，现在肚子饿了。你又没有为我准备野餐。"

"那跟我一起去。我们先把野餐篮送过去，再去沙滩上买薯条吃。我请客。"

"真的?"我高兴地问。

她点点头。

我实在不明白，为什么她突然又对我好了? 她不敢一个人去她爸爸那里吗? 还是说她在害怕我会泄露她的秘密?

我不知道。可是那又怎样? 我可以跟她去就够了。故事还没结束。

"好吧。"我说。泰丝听了之后大笑。

　　那个野餐篮正摆在厨房里的浅绿色餐桌上，泰丝从冰箱里拿出七个用铝箔纸包好的小包，然后放进篮子里。我坐在地上抚摸那只胖猫咪。

　　"你们也许该给猫咪少吃一点儿。"我说。

　　"我们真的没有给它吃很多。"泰丝很不高兴的样子，"它怀孕了。这个星期就要生了，所以才那么胖。"

　　"噢。"我恍然大悟，马上用不一样的眼光看着猫咪的肚子说，"猫爸爸是谁？"

　　"不知道。"

　　"真的不知道？还是猫咪也必须等到十八岁才可以知道？"

　　她没有笑。

　　"等一下，我马上就好了。我有东西要给你看。"

　　她把半瓶红酒倒进一个饮料瓶里，然后把盖子拧紧，再跑上楼。

　　过了一会儿，她下楼了，手里拿着一本很厚的破旧本子。本子封面上贴着一张风景明信片，图案是白色的沙滩和几棵棕榈树。

她把本子放在我面前的桌子上。

"你看。"她严肃地说。

我翻开来，最先看到的是一张到孟买的机票。接下来的每一页都贴满了五颜六色的糖果纸、青年旅馆的传单和渡轮的船票。偶尔旁边还有批注，比如日期、地名，或者是"见过最美丽的寺庙！"。

我从印度翻到尼泊尔，再到不丹，然后是泰国——到这里我停了下来。有一张照片，上面是一栋位于海边的白色饭店，旁边写着：

雨果想永远待在这里……

我看着泰丝："雨果？"

她点点头，说："这是我妈妈的剪贴簿，她把她环游世界的回忆收藏在这里，而且允许我看，想必里面不会出现我爸爸的全名。可是你看……"

她继续翻，直到出现一张连同摩托车图片的纸条才停了下来。

"那时候他们要去租摩托车，必须填这张单子。正面没什么好看的，可是这胶水已经十二年了，我最近又把剪贴簿拿

出来看……"

我现在也看到了，这张纸有一个角落已经脱落。

泰丝把那一角折过来，我屏住呼吸。

有棱有角的字母，笔迹和本子里其他地方相同：**雨果·法贝尔**。

他不是我爸爸，可是一看到他的名字，我的心还是怦怦直跳。

"我当时马上就知道了，"她轻声地说，"马上知道他叫什么名字。"

"然后你就上网搜寻了?"我同样小声问。

她点了点头说："立刻。想都没想，毫不考虑。我就是想知道他是谁，是不是还活着。"

我不敢出声，等着她继续说，可是她没有说下去。

"然后呢?"我最后耐不住，开口问了。

她摇起头来："我们得先把篮子送去。他们在等午餐。"

她跑上楼，把剪贴簿放回去，然后我们一起抬着野餐篮走到外面。那篮子有两个挂钩，刚好用来挂在自行车的车把上。泰丝载着野餐篮，骑车走在我前面。

现在不用拖着两条累坏的腿走路了，我实在不敢相信，可以在这条穿越沙丘的路上如此快速奔驰。我们喘不过气来，几乎没有时间紧张。

到达时我的 T 恤已经被汗水浸湿透了，泰丝重新扎了三次马尾，然后我们才一人一边抬着篮子进小屋。

"你什么都不准说。"她再一次低声对我说，我乖乖点头。

雨果和艾丽丝坐在阳台上看书。雨果穿了一件上面有长颈鹿图案的 T 恤和一条橘色短裤。我差点儿就笑了出来，因为当爸爸的人实在不适合这身打扮。

不过后来我想，雨果不知道自己已经当了谁的爸爸。我突然很同情他，因为这其实跟狗的情况很像。当你有了一只小狗，必须教会它不准在屋子里尿尿，外出的时候必须乖乖套上绳子。当爸爸也是这样，要学很多事：不可以在街上唱歌，不可以和女服务员开奇怪的玩笑，还有不可以穿很蠢的衣服。可是这一切雨果都没有学过。

他还不是爸爸。他只是一个普通男人。

"早安！"泰丝大声地说，她的声音又像是在拍牙膏广告了，"我们来送野餐篮。"

"太好了。"艾丽丝立刻说，"我很好奇篮子里装了什么。"

"要放哪里？"泰丝问。

她看着雨果，但回答的是艾丽丝。

"放这里就好，我们马上要出发了。谢谢喽！"

雨果继续看他的书。

"嗯。"泰丝回答，"那行程单上的寻宝游戏……你们要明天还是后天玩?"

艾丽丝大笑道:"我们玩寻宝游戏可能太老了吧……"

我发现泰丝的脸色沉了下来。

"噢!"听起来像是广告中的牙膏并非真的那么好用，也像是她突然发现一个伤口，"好吧，那……"

这时雨果抬起了头说:"我们玩寻宝游戏哪会太老? 我正想玩。可以后天吗? 这样我们期待久一点儿会更好玩。"

"真的吗?"泰丝问，"你不会觉得玩这个很奇怪?"

"我喜欢奇怪的东西。"他愉快地回答。

过了四秒钟她才开口。

"我也是。"她说，声音像是要跳起舞来了，"我也喜欢奇怪的东西。"

她清了清嗓子后继续说:"那就这样说定了，后天玩寻宝游戏。"接着她指着野餐篮说:"那个瓶子里装的是红酒。篮子的两个挂钩可以用来挂在自行车的车把上。"

雨果走到篮子前，掀开盖子，一脸认真地看着篮子内侧所铺的蓝色方格纹布料。

"奇怪!"他抬起头说，"我认识一个人，她有一模一样的

篮子。我已经很多年没想起来了。现在突然回忆起当时我们坐在一片黄色的毛茛花中间，旁边有一条水沟，岸边长着柳树，还有我们那时候吃的樱桃……"

我感觉身旁的泰丝整个人都呆掉了。

"这么巧。"我赶紧接话，"我们家也有个一样的篮子。这篮子真多，全世界到处都有，几乎每家都有一个这样的篮子！"

雨果点着头。"也许吧……"他一边盯着蓝色的方格子布，一边慢慢地说。

"我们也要去野餐。"泰丝突然开口，声音听起来提高了八度，"我刚忘了说。"

泰丝在她爸爸旁边跪下来，很迅速地把篮子里所有的小包、小盒子和小瓶子全拿出来。然后她说："我觉得这里就非常适合你们野餐！"

她连忙拿起篮子，然后跳下阳台，对我说："走吧！山姆，我们要迟到了。"

我只来得及说一声"祝你们野餐愉快"，泰丝已经拉着我离开。我们一边跑，我一边回头看了一眼。阳台的桌子上摆满了包着铝箔纸的面包、叉子、汤匙和塑料杯。雨果和艾丽丝就站在闪闪发亮的铝箔纸包装中间，目瞪口呆地看着我们。

　　我们带着空篮子离开了。两人拼命踩着自行车，好让风从耳边呼啸而过。我们离小屋已经很远很远了，泰丝突然开始大叫，而且没有内容，只有：

　　"啊啊啊……啊啊啊……啊啊啊……"

　　直到她再也叫不出声。

　　"糟糕透顶了！"她大吼，"现在他们一定认为我疯了。"

　　"我也这么认为。"我大吼回去，"我们都这么认为！"

　　她摇摇头，然后笑了起来。刚开始很小声，后来越来越大声，到最后又笑不出声了。我也跟着笑。我全身热血沸腾，心跳加快，喘着气跟着她往前飞驰。

　　后来，我们停下来，跳下自行车，然后笑弯了腰。我一直以为只有女的会笑到站不直，看来不是这样。我笑到胃抽筋、脸颊痛。最后我终于可以稍微喘口气，但只要一想到雨果和艾丽丝站在铝箔纸包装中的模样，我忍不住又开始大笑。

　　好不容易终于停了下来，我长长地叹了一口气，在路旁的草地上躺下，看着泰丝。

　　"你真的认为雨果认出了那个野餐篮？"

"当然。"她把篮子从车把上拿下来，"我怎么那么笨？明明知道妈妈有这个篮子很久了，可是我万万没想到她和雨果在一起时可能用过。"

"你也不能确定？"

"我确定。"她突然一脸认真，"那个关于樱桃还有水边柳树的故事，我听过。我妈妈跟我说过一模一样的故事。"

"真的？"

她掀开野餐篮的盖子，然后对我招手道："你看。"

篮子底部的方格子中间有两颗小小的深红色"爱心"。

"血。"我小声说。

"不是啦，你这个疯子。"她忍不住笑出来，"樱桃汁啦！"她用手指轻轻摸了一下那两颗"心"，说："有一次我问妈妈这是怎么来的，她告诉我那是很久很久以前，有一次去野餐，在一片开满黄色毛茛花的草地上，旁边有一条大水沟，岸边长着柳树。有一个帅气的男生为她画了那两颗'心'，可是她没说那个男生就是我爸爸……"

看着那两颗红色的"心"，我才慢慢地开始真的理解，刚刚发生了什么事。

想象一下，雨果提着这个篮子去野餐，把里面的东西一样一样拿出来，最后看到那两颗"心"，很久很久以前他自己

画的两颗"心"……

"哦！你做对了。"我说。

"是的，只是很遗憾他们现在一定认为我疯了。"

我耸耸肩说："他们最好马上知道为什么。"

她撞了我一下说："走吧，我们去吃薯条。"

　　我们找到一片几乎没有人的海边。有个人在远处的海里游泳，还有一个人在沙滩上放风筝。这时天空中飘来几朵云，还突然吹起了风，不过我觉得很舒服。晴天的海边代表假期，我们现在就在海边享受生活。

　　我们静静地吃着薯条蘸花生酱，看着在天上翻筋斗的红色风筝，直到盒子空了，我们的手指抓不到任何东西。泰丝把空盒子放在沙滩上，然后看着我。

　　"你相信你爸妈说的每一件事吗?"

　　我想了一下说："不是全部都相信。"

　　"那你会怎么做?"

　　"我会上网查百科。"

　　"真的?"

　　我点头说："我六岁的时候相信有圣诞老人，后来只好大哭一场。"

　　她大笑，然后摇着头说："你知道吗? 我真的相信我妈妈说的。她说没有爸爸我们才过得比较好。可是有一天我突然开始怀疑，如果她错了呢? 也许我真的想认识我爸爸，也许我不想等到十八岁……"

红色的风筝开始在风中抖动，发出吧嗒吧嗒的声响。放风筝的人拉着绳子倒退着跑，但没有用，风筝一路俯冲，一头栽进沙里。

"我还在怀疑的时候，刚好在剪贴簿里发现他的姓名。我没办法克制自己，便立刻跑到电脑前面，输入他的名字搜寻。我在网络上找到五个雨果·法贝尔，其中两个太年轻，一个头发都白了，还有一个在阿拉斯加住了二十年。第五个应该就是我爸爸，半个小时之内我已经知道他的一切。"

我看着她，但是没说话。

"雨果和女朋友艾丽丝住在阿默斯福特。我在 Facebook（脸书网）上看到的。他喜欢旅行，养了一缸热带鱼，是一个爵士乐队的小号手。我看到一张他在舞会上的照片，他最喜欢跳的舞是维也纳华尔兹……"

突然间我完全明白了，说："而且他还学过木雕。"

她点点头。

"哦。"我说。

"是的。"她咬着嘴唇说，"突然间我知道了他的一切，可是还不够，因为我依然不知道他是不是一个好爸爸，或者他想不想要一个十一岁的女儿。"

"然后你就写电子邮件给他了吗?"

她摇头道:"我好害怕会搞砸一切。一旦我告诉雨果·法贝尔我是谁,就再也没办法回头了。"

装薯条的盒子里还有一点儿花生酱,我用手指画了一颗心,然后很快又把它抹掉。

"我想先认识他,然后才考虑是否要告诉他我是谁。我认为这是最好的方式,所以就想出了一个计划。"

泰丝的马尾在风中轻快地晃着,她一脸严肃地看着灰色的海浪。我想起昨天她问我要不要和她跳舞时对我说的话。

"我接下来的人生就取决于这个了。"

原来如此。泰丝还不确定是否要告诉雨果她是谁。这一个星期,她必须做出选择:有爸爸的人生,还是没有爸爸的人生。

"你想出了什么计划?"我小声问。

严肃的表情不见了,她露出笑脸说:"我寄了一封电子邮件给雨果和艾丽丝,通知他们获赠游特塞尔一个星期的假期。我告诉他们我们这座岛想要吸引更多游客前来,所以从各省份抽出两名得奖者,可以免费畅游特塞尔。雨果和艾丽丝就是乌得勒支省的幸运得主。"

我张大嘴巴看着她。

"他们相信了?"

她点头:"唯一的问题当然是,我妈妈这个星期绝对不能把小屋租出去。原本有一家人要来,我赶紧通知他们,很抱歉小屋倒塌了。然后我用一个捏造出来的电子邮件地址发信给妈妈,跟她说因为家人生病了,这个星期没办法来。"

泰丝看起来很自豪。

"你不怕这个星期你妈妈碰到雨果吗?"我问,"还是……"我停了下来,不知道该不该继续问下去。

"还是什么?"泰丝问。

我没有看着她,说:"还是说,你是故意的,希望他们再次见面?"

"然后两个人拥抱痛哭?接着决定下星期就结婚?"她摇了摇头,"雨果有艾丽丝了。再说我妈妈已经习惯一个人……她要是看到那件长颈鹿 T 恤大概会尖叫。不,我妈妈不想要一个丈夫。"

她站起身,说:"可是,也许我想要一个爸爸啊!"

第三天

对啊！比如爸爸不是我
们的真爸爸，或者你还有其
他三个小孩，还有我其实是
领养来的……

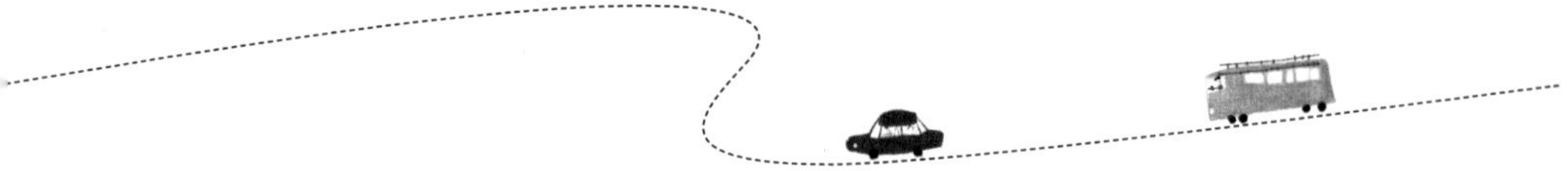

晚上我不必一个人睡上下铺，因为杰瑞回来了。他的半条腿裹着石膏，而且因为止痛剂的缘故，整个人还昏昏沉沉，一下子就睡着了。我还没来得及告诉他关于泰丝的事。

我躺在上铺，睁大眼睛不敢睡着，怕再做噩梦。可是没有用，不知不觉我睡着了，而且突然感觉到处是沙子。

我躺在阴影底下，四边都是高墙，仿佛躺在沙滩上的一个巨大鞋盒里。远远的上方站了很多人，他们低头看着我，同时摇着头。

"他才十岁。"他们低声说，"他还有好多事要经历，可惜现在一切都没了。"

我想大叫，告诉他们我还活着，可是我动弹不得，这时候花瓣开始纷纷落下。

隔天早上，爸爸、妈妈，还有我，我们三个人把长沙发推到外面。杰瑞拄着拐杖跛着脚走出来，边叹气边躺到沙发上。他的腿必须整天抬高，否则会肿起来。

"现在做什么呢?"他问。

爸爸、妈妈，还有我，我们互相看了一眼。现在是假期，我们在一座小岛上，可以去骑自行车、游泳、放风筝、踢足球，而杰瑞只能躺在沙发上。我们都很同情他，同时也感到一点儿愧疚。

"我们来玩牌好了。"爸爸提议。从大家脸上的表情，我可以看得出来没有人想玩牌，但我们还是玩了。

我们四个人，正在度假的一家人，就这样坐在阳台上。

"其实我们是蛮无聊的一家人。一个爸爸、一个妈妈、两个孩子，一点儿也不新奇。"我说。

"黑桃9。"爸爸喊。

"我完全知道你们是谁，也认识你们一辈子了。或者是还有什么惊喜？"我继续说。

"红桃3。"妈妈喊，然后看我一眼说，"什么惊喜？"

"对啊！比如爸爸不是我们的真爸爸，或者你还有其他三个小孩，还有我其实是领养来的，因为我的家人在一次火山爆发中被埋在熔岩底下了。"

爸爸点点头："我们早就想告诉你了……只是还没有机会。"

妈妈和杰瑞在偷笑。

"你们果然又不懂了。"我生气地说。

其实我自己也不知道我是不是真的懂。可是我也没办法，突然间我变成用泰丝的眼光来看我的家人。

如果她刚好从这里经过，看到我们一家人会怎么想呢？

"如果我快死了，你们会不会希望当初没有生下我？"我对他们说。

"不要说得那么可怕。"妈妈在发抖。

"我只是在疑惑。我思考过这个问题，因为昨天夜里……"

"啊，没错。"杰瑞叹口气说，"我们的教授又回来了。别人晚上躺下来是睡觉，山姆却是思考问题。"

我看着哥哥说："你笨到不会思考，不代表……"

"山姆！"爸爸大叫。

我突然想到哥哥拿到毕业考试成绩单的那一天。他把椅子推下了楼梯。爸爸和妈妈完全没有生气，还安慰他。

"是杰瑞先开始的。"我说，"他叫我教授。"

"那不是骂人的话。"妈妈说。

"没错！"我大声说，"他笨到连教授不是骂人的话都不知道。"

在他们像合唱一样一起大吼之前，我站了起来："我走，我走！"

"站住。"爸爸想要制止我，"山姆，我要你……"

"这是惩罚吗？"我问，"要我留在这里？"

他们看着我，好像我不是他们的儿子或弟弟，好像我是一个他们今天才第一次看到的陌生人。

我也看着他们，瞬间觉得喉咙一紧。因为我突然看到，坐在那里的三个人有一天会死去。我是年纪最小的，如果一切照常，那么有一天会剩下我一个人孤孤单单的。

"我要去海边。"我说。

没有人回答我。

他们也没有阻止我，所以我就走了。

我拼命骑着自行车穿越沙丘。昨天夜里的梦还在脑袋里转。我那时感觉好像真的躺在沙做的鞋盒里。但那不可能是真的，我从来没有梦过真实的东西。

我把自行车停在木栈道下，然后走到沙滩上。今天，天空中乌云密布，空气咸咸的。我的头发被风吹得乱七八糟，海浪怒吼着。

我径直走向那个坑，它比两天前还要深。我实在不懂为什么杰瑞会没看见。

我看了看四周，有几个带着狗慢跑的人，还有踢足球的小孩，不过没有人看我。

我知道我接下来要做的事很奇怪，不是令人愉快的怪事，但是一定要去做。只要我现在做一次，以后就再也不会梦到了。我从来没有做过关于真实东西的噩梦。

我爬进坑里，然后小心翼翼地躺在冷冷的沙滩上。我伸直双腿，两手交叠在胸前，然后闭上双眼。

坑底没有风，但是我听得到头顶上的风在呼呼地吹，天上的海鸥在尖叫。在这些声音中，我还听到海浪在不断拍打

岸边。

我再次睁开双眼。

我实在太疯狂了，跑来躺到一个坑里。如果我真的死了，就再也感觉不到什么了。突然间我明白了。

死掉，没有那么可怕，因为你什么也不知道了。他们大可以马上把花瓣撒到我身上，反正我感觉不到。海浪也可以继续拍打，我根本不会再在意了。

就在这一刻，我再次听到海浪的声音，因为我还活着。

我站起来，然后爬回到沙滩上。我考虑把这个坑填平，可是一定会有德国游客大叫着跑过来阻止。

有人每天来挖这个坑，让这个坑保持完美。有人喜欢这个坑。

我走回去推自行车的时候，感觉很愉快。我从现在开始倾听大海的声音，观看这一刻正在飞翔的海鸥。

可是就在我距离自行车至少十五步的时候，我停了下来。

那些沙把我的衣服弄湿了，我觉得背部凉凉的。

死掉，自己感觉不到，但如果是其他人死了，你当然有感觉。因为你被留下来了，然后必须一个人继续活下去。其实这才是最困难的，这一点我在贝拉身上看到过，还有在哈德瑞克身上。

愉快的感觉不见了，因为我现在才真的知道自己必须做什么。我不必练习习惯自己的死去，可是我必须练习习惯其他人的离世。总有一天，我必须自己一个人活下去，到时该怎么办？我要如何撑下去？

我看看手表。十一点十五分，也就是我才离开四十五分钟。我把闹铃调到十二点，然后走向沙滩起点处的蓝色长凳。还有四十五分钟，我必须使自己习惯没有爸爸、妈妈和杰瑞的日子。

我必须尽快习惯。

第四天

我发觉他们有很多地方真的很像一家人。每次他们答对问题的时候，就都会抬高下巴，动作一模一样。

次日早上，我一个人出门的时候，又调了闹铃。昨天我有一个半小时是独自一人，今天我必须撑到两个小时。

爸爸、妈妈想知道我什么时候回来，因为他们觉得我一个人在小岛上游荡不太好。

正好这次我可以告诉他们我回来的时间：十点五十三分。他们一听便不再说什么。

我没有兴趣再去沙滩，于是骑着自行车沿路看小羊，我发现一条横穿草地的小路，窄到一次只能通过一辆自行车。我本来觉得太棒了，直到我想到这条小路是为剩下的孤单的人特别开辟的，之后就无法再对着小羊微笑了。

十点五十三分我准时回来。我还没看到人，就远远听到泰丝的声音。我呆住了。

"再来一次。"她大喊，"这次我一定要赢！"

我在小屋的转角，用一只眼睛偷看。

真的是她，咖啡色眼珠带有斑点的泰丝，竟然在我们的度假小屋的阳台上。她坐在杰瑞旁，正在洗牌。她对面坐着我的爸爸、妈妈。他们四个人坐在那里，看起来就像一家人。

"我不会让你赢的。"杰瑞听起来很高兴。

"不可以作弊哟!"爸爸说。

"当然不会!"泰丝笑着回答。她已经把皮夹克脱下来,因为今天天空万里无云,风也停了,阳光非常刺眼。

我看着她身上的粉红色 T 恤,还有她的手臂,她的皮肤晒得比杰瑞黑多了。我看到他们的笑脸,很想找东西踢。因为在我去练习习惯每个人的去世时,其他人少了我,为何还可以继续过下去啊?

我从转角走出来。

"嗨,泰丝。"我漫不经心地说完就直接走进屋里。现在她认识杰瑞了,当然把我忘得一干二净。

可是我还没穿过客厅,就听到身后传来粉红色的脚步声。

"等一下!"她大喊。

我转身。她已经起身离开我哥哥旁边了。哥哥一定已经跟她说了他在学校担任音乐剧主角的事,而且一定也顺便告诉她,他身高一米六一。

可是她现在站在这里,面对着复活节戏剧里的小鸡五号。

"你做什么去了?"她问,"你的家人都不知道。"

"我骑自行车去兜风了。关你什么事?"我踢了空气一脚说,"你玩得很高兴,不是吗?"

她歪着头看了我一会儿，然后耸耸肩。

"我不懂，我可不是为了你的家人来的，我是来找你的。"

她瞄了阳台一眼，其他人不可能听到我们的对话。

"我今天下午的寻宝游戏需要你帮忙。"她小声说，"你必须把艾丽丝引开，如果你们一组，我就有机会跟雨果说话。因为我还是不知道他是否可以当我爸爸，这正是我想弄清楚的。"

刚刚听到她说她是来找我的，而不是为了我的家人，我的心跳还是加快了。但是我现在懂了，因为她再度需要我。复活节小鸡五号有时还是挺有用的。

"你应该高兴你没有爸爸。"我生气地对她说，"可以少一场葬礼。"

"什么?"她皱起眉头，"你是什么意思?"

"这你应该懂，不是吗? 假设等你很快习惯了雨果，然后他就死了。"

她开始大笑："你疯了，山姆。你以为我会为了少参加一场葬礼，就不再去认识人吗?"

"为什么不会?"我不客气地问。

她停止大笑。我原本以为她会发抖，像妈妈一样要我别说得那么可怕。可是她没有那么做。

"这真的是你想要的？"她问，"尽量少认识人，就不用知道有那么多人死了？"

我耸耸肩说："也许。"

"我不相信！你这么想不会成功的。你不是一只孤单的恐龙，你是一个人，还有我们。你知道有多少人在这个地球上？"

"七十多亿。"

"你看！不可能只剩下你一个人。好了，既然这样，你最好还是去帮我准备寻宝游戏。"

我没有回答。

"我只比你大一岁，"泰丝严肃地说，"而且女人的寿命通常比男人长，所以你不用怕，你会比我先死。也就是说，你不用来参加我的葬礼，反而是我会去参加你的。"

我看着她带有斑点的眼睛。

"真的吗？"我问，"你愿意这么做？"

她点点头。

　　我想，寻宝游戏刚开始时，我一定比泰丝还要紧张。她从小到大已经习惯做奇怪的事，我才刚开始。雨果和艾丽丝会怎么想？他们获赠一个星期的免费假期，现在突然得和两个小孩子玩寻宝游戏。这不是很诡异吗？

　　泰丝早上已经偷偷把路线安排好，所以可以立刻开始。我们一共四个人，带着一张上面画满小叉的地图，走进这片沙丘。

　　我们有一个男人、一个女人和两个小孩，但这并不表示我们看起来像一个小家庭。雨果穿了一件黄色的 T 恤，印着大大的"请勿喂食"图案，脚上的运动鞋闪闪发亮。艾丽丝的红发上戴着她自己用沙丘植物编的花环。

　　如果警察想要盘查的话，肯定是走向泰丝或是我。

　　我跟在其他人后面，边走边想起泰丝说会来参加我的葬礼。真是疯狂，但是这让我高兴。

　　在一块充满阳光的干燥低地里，我们要解开第一道谜题。泰丝几乎马上就找到了藏起来的 CD 手提音响。这没有什么好惊讶的，因为是她本人藏的。

"噢，还有一张纸条！"她故作惊讶地说，然后打开那张折起来的纸条，"聆听这五首歌，最先说出歌手名字的得分，一首歌算三分。"

温暖的地面上到处是兔子的大便和长满刺的树枝，可是我们不在乎。

我们四个人围着CD手提音响坐下，空气中是干草和海风的味道。我突然觉得我们像在户外教学。完美、逍遥又自在的班级出游。

泰丝按下播放键，我们全部屏住呼吸。刚开始是噪音，然后是模糊的钢琴声。

就在小号的演奏声开始发出来的那一刻，雨果用手拍了膝盖。

"路易·阿姆斯特朗！"他大喊。

泰丝露出笑容，直到她想起自己必须装作不知道他的答案对不对，才赶紧收起笑容。她快速打开编号1的信封，然后一脸正经地点头："雨果·法贝尔，正确。队伍1获得三分。"

第二首歌，才唱第一个词，她立刻自己喊出答案。

"艾拉·费兹杰拉！"

她打开第二个信封，没错，她答对了。雨果举起双手跟她击掌。

她再一次笑得很开心。

"嗯，这样啊。"我有点儿生气地说，"我从来没听说过这些人！"

我当然知道寻宝游戏不是为我设计的，但我还是得习惯一下——马上要输得很惨了。

"你不认识艾拉？"雨果惊讶地问，"她是一名超棒的爵士乐歌手。"他看着泰丝说："你很厉害，马上听出她的声音。"

"啊，有时候就是运气好。"泰丝谦虚地说。

其他的歌曲当然也都是爵士乐，队伍1拿到满分。

"下一个任务！"泰丝得意忘形地大喊，然后我们站起来走到地图上第二个画叉的地方。

说真的，这是我玩过的最不诚实的寻宝游戏。艾丽丝和我没有任何分数进账，而队伍1很快就得了五十几分。那些问题都是关于热带鱼和国标舞，以及雨果旅行过的所有国家的。泰丝皱着眉头，装出努力思考的样子，然后每次回答的都是正确答案。

我很讨厌输，可是慢慢地我开始觉得好玩。因为泰丝看起来很高兴，我也偷偷跟着高兴起来。

之前这对父女静静站在一起，只有带着斑点的眼睛很像。可是现在，他们在寻宝游戏中一起一路赢过来，我发觉他们有很多地方真的很像一家人。

　　每次他们答对问题的时候，就都会抬高下巴，动作一模一样。当他们必须从桶里钓出用铝箔纸做的斑马鱼时，疯狂的程度一模一样。他们跑在我前面的时候，我看到他们脚着地的方式也一样，都是脚尖有点儿向外。

　　气氛看起来很愉快，也很甜蜜。至少泰丝是这样。

　　最后我们来到沙丘后面的一个小湖边，水面像镜子一样光滑，蓝色的天空映在水里。一旁的沙滩上已经摆着两大块木头，还有工具。

当然，我马上就明白了，这又是雨果的另一个嗜好，而我们都没体验过的——木雕艺术。我轻轻地摇头，实在不敢相信泰丝是怎么办到的。她一定花了好几个星期准备这一切。

她从地上的一把铁锤下拿起一个白色信封。

"最后一个任务：你们有三十分钟的时间，"她大声念出来，"把木头雕刻成一只动物。只要沙滩上海景咖啡屋的人认得出是什么动物，可得二十五分。"

"你每次运气都特别好！"艾丽丝笑着推了雨果一把，"你去年才上过课。我连凿子怎么握都不知道……"

"倒计时开始！"泰丝大喊。

艾丽丝和我跑到我们的木头前面。

"我们要刻什么动物？"艾丽丝低声问。

我疑惑地看着木头说："河马？"

她咯咯笑："好主意。"

我拿起锯子，艾丽丝则拿起一件不知道叫什么的工具。她头上的花环已经歪了，但她还是像寻宝游戏刚开始的时候一样高兴。

她真的一点儿也不在意我们输了。

偶尔我会看到她在看雨果和泰丝，看他们两个很认真地忙着雕刻，她脸上露出微笑。我突然发现自己也一样。我满足地看着泰丝和她爸爸，毫不担心我们的河马。

"你要不要用刨刀，"我听到泰丝这么说，"刨它的背？"

"好。"雨果说，"那你可以用凿子雕毛皮。"

我看着他们，然后想到我自己的爸爸。我一出生就认识他了，可是我们从来没有一起雕刻过河马。为什么没有？为什么我们没有共同的嗜好呢？

"啊！"雨果突然大叫，随即开始呻吟。我感觉全身发冷，就像回到了我们第一天在海边的时候，沙滩上的那个坑。

"雨果！"艾丽丝大喊。她把工具丢在一边，立刻跑过去。

"怎么了？"我边跑边问。

雨果不用回答，我们都看到发生了什么事。

他的手，在大拇指下方有一道伤口，至少有六厘米长，肉都露了出来，深红色的。血不断涌出来，我从来没看过人流这么多血。血流过他的手掌，滴到沙滩上。

泰丝站在雨果旁边，手上拿着一把尖锐的金属工具，一定是凿子。她的脸色苍白，一动也不动，看着伤口。

"噢！"艾丽丝虚弱地说，"我怕看到血。"她用手遮住眼睛，接着坐了下来。

雨果咒骂着。我看到泰丝缩成一团。

"对不起。"她低声说，"真的很对不起。我……"

"不要担心。"雨果说,可是他的声音听起来不是这样。他看着流血的手。

"看来要去找医生缝一下了,没办法。"

"特塞尔没有医院。"我说,"你必须坐渡轮到登海尔德……"

"不是这样。"泰丝赶紧说,"这里的医生也会缝伤口。我——"

她突然住口。

我看着她,立刻明白了。

我们必须去找医生,但是谁在那里工作?走进那栋灰色的建筑,你第一个看到的会是谁?

没错,就是泰丝的妈妈。

我们看着对方。

"不行……"她一边喃喃自语,一边摇着头,"事情绝不能变成那样。"

"什么?"坐在地上的艾丽丝问,"有什么不对吗?"

"他的伤口一定要缝。"我紧张地对泰丝说,"没有别的办法,只能这么做。"

事情已经没办法避免:泰丝的爸爸和妈妈相隔十二年之后将再次见面。泰丝的妈妈此刻在诊所工作,就坐在柜台后面。受伤的雨果一进诊所，她立刻就会看到他。

他们当然会认出对方，因为大人在十二年里不会有太大变化。尽管雨果的 T 恤上印着"请勿喂食"，脚上的鞋子还镶着圣诞小灯泡，泰丝的妈妈一定还是一眼就能认出他。

他们会交谈，然后泰丝的秘密就会露出马脚。无论泰丝愿不愿意，雨果都会知道他有一个女儿。从那一刻起，她再也没办法选择她是不是想要一个爸爸。

她有一个爸爸，而且她不小心把他弄伤了。

实在不知道要怎么说泰丝和艾丽丝。

"他们不能见面。"泰丝一边低声说，手一边发抖，"这整个计划……要是我没想出来就好了。我早该听妈妈的话……"

"啊！好可怕的血！"艾丽丝嚷嚷着，"我膝盖都软了。"

我看了看四周，附近没有警察，没有沙滩救生员，没有灯塔警卫。我们必须自己来。因为如果不马上行动，很快就要举行雨果的葬礼了。

"所有的女生和女人现在都住嘴！"我大声说，"那样没有帮助。泰丝，我们怎么才能回到小屋？我们现在必须尽快去汽车那里。"

我脱下我的白色 T 恤递给雨果。

"拿着，用它包住你的手。"我抬头看着他问，"你还可以走路吗？"

"当然。"他说，"没问题。"他的脸色惨白，可是还没像他的女朋友和女儿那么惨白。

艾丽丝小心翼翼地站起来，然后我们四个人开始行动。温暖的阳光照在我赤裸的肩膀上，我突然觉得寻宝游戏这样子结束还蛮刺激的。不过随后我看到了泰丝的表情。

对她来说，这不是一场一天就结束的冒险。伤口必须缝合，然后还要愈合。这不是她原本想要的。她想自己决定是否要告诉爸爸自己的身份，可是现在没办法了。

一路上我们什么话也没说，穿过一条很窄的小路。我们走得很快，不过没有跑起来。血从我的白 T 恤中渗出来，可是雨果什么也没说。艾丽丝只盯着地面看，泰丝则深深叹气。我鼓励我的大脑赶快想出解决办法。

"快一点儿！"我在脑袋里大喊，"平常不是很会想吗？让我做噩梦，还让杰瑞叫我教授，现在快做点儿好事！"

然后，突然间，我知道该怎么办了。

"泰丝！"我大喊，喊得很大声，因为不怕雨果和艾丽丝听到。

"把你的手机给我！这里没有信号，不过到度假小屋附近就有了，对不对？"

她点头。

"好，听着，我先带着你的手机跑去度假小屋，我可以从那里先打给诊所的护士。杰瑞的脚受伤时，我们也是先打电话过去的。"

她看着我，从她脸上的表情看得出来她搞不懂我要做什么。她当然不懂为什么我这个时候要打给她妈妈。

"把手机给我！"我又大喊了一次，然后很温和地说，"没事的，我保证。"

她还是不懂，不过把手机给了我。

"'妈妈工作'就是她的号码。"她小声说，"沿着这条小路就会到小屋。"

我拼命地跑，五分钟之后就到了小屋。我喘着气在手机里找到"妈妈工作——仅限紧急情况"的号码，按了下去。

"请问是泰丝的妈妈吗？"电话一接通我马上大喊，"我是山姆！"

"山姆？"她的声音很严肃，"哪个山姆？"

我深深吸了一口气，说："小矮子游客！"

"噢，早说嘛！小矮子游客，什么事？"

"泰丝出事了！"我大喊，"您必须马上回家。"

"可是，为什么？"她妈妈很冷静地问，"我要跟泰丝说话。她知道我在上班。"

我的计划只想到这里，接下来就不知道该怎么办了。

我打算把泰丝的妈妈骗走，这样雨果到诊所时她就不在那里了。

可是要怎么做？如果是我妈妈，她一听到我出事，一定马上跑回家。

这我很确定。但是泰丝的妈妈可没有那么容易解决。

"山姆？"她的声音很凶，"你为什么不把手机给泰丝？你在开玩笑吗？"

"没有，真的没有！泰丝没办法过来讲话，因为她……呃，她在哭。她哭得没办法说话了。"

"我才不相信，泰丝从来不哭。"

我看了看四周，听到远远传来他们回来的声音。我没有时间了。

泰丝的妈妈能自己一个人生下小孩，的确不太容易吓到。

我突然有了点子。

"泰丝怀孕了！"我大叫，"她刚刚才发现，她不肯跟我说话。她把自己锁在浴室里了，而且——"

"我马上过来。"她妈妈挂了手机。

我听到嘟嘟声，立刻用手捂住嘴巴。

我做了什么好事？

泰丝和我把我们的自行车扔进蓝色汽车的后备箱，这时雨果走向前面驾驶座。

"雨果，不行。"艾丽丝尖叫，"你不能开车！"

她把他推到另外一边，然后自己坐到驾驶座。她的手还在发抖，我知道她还头晕。她慢慢发动汽车，然后一不小心又往旁边瞄，看到雨果手上沾满血迹的 T 恤。汽车转弯的时候，她短暂闭上眼睛。

我们坐在后座几乎不敢呼吸。泰丝拿凿子，实在有点儿可怕，不过艾丽丝开车——可是会出人命的。

我当然不能说话，一开口全部的人都会听见。于是我用泰丝的手机打出一则信息，她可以在屏幕上看到我写的："赶快回家。我告诉你妈你会晕，所以她回家去了，你去拦住她，别让她在雨果走之前回到诊所！"

泰丝皱起眉头。

"会晕？"她很小声地问。

我很没耐心的摇头，把手机从她手里拿回来。

"怀孕，"我又打了一次，"怀孕了！"

她看着手机的屏幕。

"但是这根本不可能!"她的声音很尖,汽车摇晃了一下。

"什么?"艾丽丝紧张地问,"发生什么事了?"

"没事。"我说,"什么事也没有。"

泰丝凶巴巴地瞪着我。"你要我怎么解释?"她咬着牙说。

我摇头,我真的不知道。她咬着牙,满脸通红。

这时候汽车已经停在医生所在的那栋灰色房子前。泰丝甩开门,用力拉开后备箱的门,拖出她的自行车,连我的也一起拖出来了,哐啷落地。泰丝没有时间理会,她已经踏上自行车。

"我必须回去喂猫。"她大声地对雨果说，"我出门之前忘了喂。真的很对不起，是我害你受伤的!"

说完她就骑着车走了。

我觉得喂猫这个借口不是很令人信服，可是雨果和艾丽丝似乎没听到，他们急着走进诊所。我跟在他们后面，身上没穿 T 恤，但我也没办法。

这一次我没有理会药的味道，也没有在乎候诊室传来的咳嗽声。我只在意一件事：坐在挂号柜台后面的女人。

我伸长脖子，往柜台后面探头看，可是什么也看不见，因为雨果和艾丽丝挡住了我的视线。一直到他们两个站住不动了，我才终于看到护士是谁。

坐在柜台后面的是一个我不认识的、穿着白衣服的女人。

我靠在冰冷的墙上，因为我突然也有一点儿眩晕。

"请跟我来。"我听到她说，"我马上去看看医生什么时候有空档。"

她走进一间白色的小房间，我深深地吸了一口气。

我成功了。

雨果和泰丝的妈妈没有碰面。

泰丝还是必须自己继续考虑，要不要告诉雨果·法贝尔她是谁。

她还是可以选择——一个有爸爸的人生，或是没有。而且，如果她决定要说，她可以用自己的方式，不用流血，也不用听到护士的尖叫。

只是有一点很糟糕，她妈妈现在相信她怀孕了。我刚刚还在想我是否该到她家去，可是这主意也好像不太好。有点儿危险，那些仙人掌。

我走到外面，把我的自行车从地上扶起来，然后骑上车，离开镇上。今天一整天离开爸爸妈妈的时间已经够长了。

第五天

『也许他不想要我。』
她不安地说，『……没有人
会想要这么笨手笨脚的女儿
吧？』

我已经第五十次想给泰丝打电话了，但是我不敢。

而且她有我爸爸的手机号码，所以其实只要她"不再怀孕"了，随时可以打电话找我。

隔天早上，我跟爸爸一起去买东西，因为妈妈的偏头痛又发作了。爸爸很想自己一个人去，可是杰瑞和我都觉得这不是好主意，因为只要让他一个人去超市，他一定买错东西。

我们骑车到镇上的时候，妈妈留在家里休息，只要安静地躺在床上，看不到一点儿光，听不到任何声音，偏头痛就不会那么厉害了。所以窗帘是拉起来的，而且她戴了耳塞。

可怜的妈妈。如果有人得习惯这种事，那就只有她了。她向来心情愉快，虽然她知道偏头痛随时会发作。那她究竟是怎么习惯的？

"我不怕。"有一次我听到她对一个朋友说，"头痛就让它痛吧，没办法。头不痛的时候我会抓紧时间高兴，因为头不痛了。"

听起来很简单，可是我知道一定很复杂。

在超市里，爸爸推购物车，我负责找要买的东西：烧烤香肠、小面包和草莓酸奶。就在这时候，我在摆着糖果的那排货架旁，差点儿就和泰丝相撞。

"嘿！"我惊讶地大叫。

她的篮子里装着满满的巧克力。我看到巧克力棒、樱桃夹心巧克力、贝壳造型的巧克力和葡萄干巧克力。

"昨天结果怎么样了？"我立刻开口，然后压低声音问，"你还怀孕吗？"

她咯咯笑了起来。"很惨！"她试着要正经一点儿，可是我看得出来她很想笑，"我当然不能马上说那是骗人的，不然她就会立刻赶回诊所去了，那样还是会碰到雨果。所以我必须实施拖延战术，假装我完全不懂怀孕是怎么一回事。"

"哈哈……"我装出自己完全懂怀孕是怎么一回事似的说。

"我告诉我妈妈，我和丹尼斯在学校停放自行车的角落，发生了一点儿事。因此我以为……因为丹尼斯……我该怎么说呢……"

"在我面前你不用拐弯抹角。"我认真地说，"你和丹尼斯发生了什么事？"

她又咯咯笑了："是的，妈妈也想知道发生了什么事情。拖了四十五分钟，我终于继续说下去——丹尼斯在放自行车的角落紧紧牵住我的手，之后我就以为自己怀孕了。"

我皱起眉头问："可是丹尼斯为什么要紧紧牵住你的手?"

"他没有牵我的手，笨蛋！是我自己编的。我怎么会在放自行车的角落跟人牵手?"

"噢。"我懂了。

她叹了一口气，然后又拿起一盒巧克力糖说："这样戏弄我妈妈真不是什么好玩的事。不过我还是很庆幸她没有看到雨果。"

"因为你想自己告诉他你是谁。"

她点点头。

"你会这么做吗?"我问，"他可以当你的爸爸吗?"

"我想应该可以吧，玩寻宝游戏的时候——"

"玩寻宝游戏的时候他超棒！"

"对啊。"她脸上露出光彩。可是在看了一眼满满的篮子后，泰丝脸上的光彩消失了。

"也许他不想要我。"她不安地说，"我用凿子在他手上凿了那么深的伤口。没有人会想要这么笨手笨脚的女儿吧?"

"他当然会想要你！"我大声地说，"谁会不想要这么'深刻'的女儿?"

她又叹了口气。

"我想用剩下的零用钱，每种巧克力各买一份，然后马上带着这一大堆巧克力去看他。"

"那你会说什么呢?"我好奇地问。

"那还用说，当然是非常非常对不起。"

"噢，是吗? 我以为你从来不说对不起。我以为你觉得女人已经太常说对不起了。"

她没有笑。

"你知道吗? 我已经节省了很多对不起，我妈妈也是。我认为我现在说一次并不会怎么样。"她说。

她继续拿了七条巧克力棒和一盒高级巧克力放进篮子里，然后去结账。我拿了一包 M&M's 豆后才去找爸爸。

我们买完东西，坐在汽车里时，爸爸犹豫了一下。

"其实我还想去剪头发……"

"那就去啊，我可以自己玩。"我说。

我一点儿也不惊讶，因为爸爸每次度假的时候都要去剪头发，他喜欢这么做。其他人买纪念品，他做新发型。通常他的头看起来会有点儿怪，方方的，但这就是假期的一部分。如果他想要看起来正常些，就得在家的时候去剪头发。

我看着他的背影，突然心想：假如我不是认识他十年了，而是今天第一次看到他，他说喜欢在度假时去剪头发，因为像一场冒险，那我一定会想，这个人多么好笑、有趣啊！

所以对我爸爸来说实在有点儿可惜，我已经认识他这么久了。

等他一转弯，我赶紧往泰丝家走去，她的巨人妈妈还在上班，泰丝则去找雨果了，我可以去她家前院采雏菊，不用担心。

我带了一小束雏菊去按童话老爷爷家的门铃。等了好一会儿都没人来开门，我最开始有点儿担心，后来终于听到了门内传来脚步声。

"年轻人!"

哈德瑞克探出头来。他身上穿的还是四天前的那套衣服,我不是很在意。可是他的上衣上面有个小污渍。

我把雏菊举高说:"给雷姆斯的。"

他看起来一点儿也不惊讶。他领着我走到后院,我把雏菊放在花朵即将落尽的苹果树下。我们一起看着刚盖上不久的泥土。

"要吃蛋糕吗?"过了一会儿哈德瑞克问。我点点头。

我们走到外面,坐在靠墙的有点儿摇晃的长凳上。哈德瑞克喝着茶,我吃着已经有点儿干但味道还不错的蛋糕。

"没有雷姆斯好安静……"老人说。

我叹了一口气说:"我就是想到了这些,所以正在练习。"

"练习什么?"哈德瑞克问。

"就是练习习惯这种事啊!"

他摇了摇头说:"我不懂你的意思。"

然后,当最后一朵苹果花落下,我开始说起关于贝拉爸爸的死和沙滩上的那个坑的事。还有我现在正在练习独处,每天加长一点点时间,好让自己能尽快习惯的事情。

等我说完之后,哈德瑞克什么话也没说,只是站起来又去拿了一块蛋糕给我。他花了一点儿时间才回来。

"我八十九岁了，从来没有听过这么蠢的话。"他开口说。

他又坐了下来，长凳发出嘎吱嘎吱的声响。他转身看着我，他的眼珠是蓝灰色的，北海的颜色。

"我太太玛丽亚已经走了七年了，七年来我都一个人坐在这里。你认为我会希望她活着的时候少看到她吗？或者希望我那时应该自己一个人骑自行车去兜风，少和她说话，"他盯着我说，"然后现在就会过得比较好受些？"

我没有去碰我盘子上的蛋糕。

"我亲爱的玛丽亚死的时候，我哭得很伤心，因为要是以前能更常看到她就好了，我想要的是能有更多时间跟玛丽亚在一起，而不是更少。"

我看着苹果树，这样就不必看他的脸了。

"我想知道为什么她最喜欢的颜色是绿色。"他温柔地说，"她小时候看了哪些书，还有她的梦想是什么。我想问她更多的问题。我想——"

他必须赶快停止，不能再说了。我连爸爸每天做什么工作都不知道，也不知道妈妈会不会跳舞，以及为什么杰瑞这几个星期老是找我麻烦。

"不要再说了！"我大喊，"我懂了，你想念她，我知道你很想念她。”

哈德瑞克有好一阵子都不说话。

“你现在到底几岁?”他最后开口问。

“十岁三个月。”

“如果运气不差,你的人生还有很长的时间不会有人死。”

“他们也是这样对贝拉说的,然后她爸爸就死了。”

“我也不是很确定。”他放下茶杯,“但我知道的是,习惯孤单,对这一点儿帮助也没有。你认为贝拉会希望她当初要是少看到爸爸就好了?那样现在就会比较好过些?”

我只能摇头。

当然不会。贝拉要是这样希望,一定是疯了。

“你看吧,”哈德瑞克说,“你是我这八十九年来所遇到最笨的男生。”

我知道他说得没错。

“我必须去找我爸爸了。”说完我便站起来。

哈德瑞克点头道:“当然。”

第六天

「哈！」雨果看着艾丽丝说，「我实在太庆幸我们没有孩子了。」

　　这天夜里我睡得很沉，没做噩梦。我醒来的时候，已经九点半了。我简直不敢相信自己浪费了这么多时间。

　　我穿着睡衣搜集了屋子里所有可以找到的游戏牌。九点三十七分，我抱着一叠游戏牌走到外面，用力往阳台的桌子上一放，看着正在看书的家人。

　　"游戏时间！"

　　他们惊讶地抬头看着我。在特塞尔剪了头发之后，爸爸的头看起来真的方方正正。

　　从妈妈的头也可以看出来她昨天头痛，她看上去有点儿邋遢。

　　"杰瑞可以挑，我们先玩哪一个？"我说。

　　我哥哥放下手上的漫画。看到他在犹豫，我叹了口气说："你们每次都觉得卡坦岛桌游需要玩很久……"

　　"可是我们现在在度假。"

　　我说："所以可以玩一整天。"

　　我装作没看到他们惊讶的表情，然后打开卡坦岛的盒子。

　　他们现在必须习惯，不只是这一次的惊讶，而且还要习惯我。我是年纪最小的，所以我一直都会在，他们在今后的人生中必须跟我说话，跟我玩。最好现在就开始练习。

两个小时之后，泰丝来找我，问我要不要去海边。爸爸、妈妈和哥哥看起来好像松了一口气。刚开始我觉得很不是滋味，可是想想他们才刚开始练习，应该给他们一点儿时间慢慢适应。

在前往沙滩的路上，泰丝不停地说话。

雨果一点儿也不生她的气，他觉得那一大堆巧克力实在太棒了，他问我们要不要和他一起去放风筝，因为寻宝游戏结束得太匆忙了。

"他人真的不错，对不对？"她高兴地说，尽管她喘着气，但还是说个不停，"才认识没几天，他就问我们要不要一起去放风筝。"

我根本不需要回答，继续踩着自行车，安静地看着她笑容满面。

到了沙滩，我们把自行车摆在地上，然后她抓住了我的手臂。

"我今天就告诉他我是谁，还有他是谁。"她说。

"真的？"

"我现在已经确定了。"

我们虽然站在原地，但已感觉仿佛在跳舞。

"放完风筝我就告诉他。也许你可以和艾丽丝……"

我点点头说："我会想办法引开艾丽丝，让你和你爸爸到海边去散步。"

她咬住下唇。我实在很难想象她还怎么呼吸。

"他会说什么？"我问，"你想，你跟他说……他会怎么想？突然知道有一个女儿！他已经当了十一年的爸爸……"

她一言不发地摇着头，这时候我们听到雨果的叫声。他远远地朝我们招手，手上包着白色纱布，除此之外整个人看起来活蹦乱跳的。

"我不太会放风筝，所以非常需要你们。"他大喊。

太好了。艾丽丝准备了汽水和冷煎饼，雨果换上一件普通的蓝色 T 恤，裤子上也没有破洞。他看起来已经很像一个快乐的爸爸。泰丝现在可以谈谈爵士乐和热带鱼以外的东西，而且放风筝她很厉害，沙滩上没有一个人比得过她。

我非常确定雨果觉得她很可爱。

一切非常顺利，直到事情完全搞砸。

就在我们坐下来喘气时，事情发生了。我们一边嚼着外加一点儿糖以及沙子的煎饼，一边看着沿着涨潮线漫步的海鸥。远方海面上的白色三角帆船闪闪发亮，天空中飞机划过的痕迹凌乱交错。

　　我让掺杂贝壳碎片的细沙从指缝间滑落。我看了看四周的人，我从来没看过沙滩上有这么多人。那些皮肤白皙的大人静静躺在沙滩上做日光浴，不过小孩子连一秒钟都坐不住。

　　真的是人多得数不清。那些小小孩戴着遮阳帽，拿着塑料铲子互相打来打去。而那些大一点儿的孩子不停冲进浪里，

差点儿溺水，还有的丢着球、飞盘和充气的塑料海豚。他们一边跑跑跳跳一边叫喊着，不停大笑、尖叫，让人几乎听不到大海的声音。就好像动物园里的动物全都跑出来了一样。

然后事情就发生了。

"哈！"雨果看着艾丽丝说，"我实在太庆幸我们没有孩子了。"

他们两个笑着看着对方。

"我也这么想。"她愉快地说。

海浪不断地拍打，小孩子不停地尖叫，世界却仿佛突然一片死寂。

我不敢看向泰丝。我感觉肚子裂开了一个破洞，而我知道她的破洞一定比我的大得多。一定很痛。

她站起来，过了一会儿才说话。

"煎饼很好吃。"她说，可是听起来不像她的声音，"很抱歉，我现在必须回家了，我忘记喂猫了。"

我跟着站起来，感觉自己的身体很沉重。很奇怪的感觉，我应该觉得变轻才对，毕竟肚子有一个破洞。

"噢，汽水也很好喝。"我说，"我每次都帮忙喂猫，所以也必须得跟她走了。"

我们一起去推自行车。泰丝没有回头看她爸爸。

泰丝从来不哭，这是她妈妈说的，可是她现在哭了。

她不想跟我说话，她要回家。我很怕她因为哭得太厉害，骑自行车看不到路，可是这条路她从小骑到大，我在后面拼命追赶都差点儿追不上。

我们快要到镇上的时候，她停了下来。

她不想沿着商业街哭回家。

"你回去吧。"她一边擦干脸颊，一边对我说。

"不行。"我回答。

自行车道旁是一大片花圃。一排排的花，先是一大片红色的郁金香，然后是一大片紫色的郁金香，接着鲜黄色，然后粉红色，一眼望去全是花。

"雨果不是那个意思……"我说。

"他当然是那个意思！"泰丝激动地说，"你难道没看到他看艾丽丝的眼神？他对着她笑，如释重负。所有在沙滩上的人都笨到生小孩，只有他没有掉进坑里。"

彩色的花海随风起伏。我从来没有这么近看过花圃。站在路边我才看清楚一朵朵的花，从远方你只能看到一大片的颜色。

"真的。"我赶紧说，"他没有恶意，他只是不知道坐在旁边的是女儿。"

"没错，就是这样！因为他不知情，所以可以很诚实。"

我看着她的脸，同时我也看到了破洞，不只在肚子上，到处都是。她的两颊少了一点儿什么，还有她的手臂、她的眼睛。

"他是你爸爸。你觉得他很棒，你们很像，因为他也喜欢奇怪的东西。你想要他这个爸爸！"我说。

"可是他不想要我这个女儿。"

她从口袋里拿出一根橡皮筋，然后扎了个紧紧的马尾。

"你还记得我把你一个人留在沙丘的时候吗？"她问，"那时候我很生气，因为你说事情很简单。现在真的很简单了。雨果不想有个小孩，他很满意现在的生活。他有一个女朋友，而且鞋子上还有会发亮的小灯。我不会突然去告诉他，他当爸爸了。"

"可是他确实是一个爸爸啊！"我大声地说。

她摇了摇头说："只要他不知道，就不是。他明天就坐船回去了。他绝对不会再到特塞尔来，事情就是这样。"

"可是——"

　　"这本来就是我的计划，你还记得吧？我本想看看是否应告诉他我是谁，现在我知道了。"

　　她又揉了一次鼻子，然后骑上自行车，我还想说些什么，可是她已经骑行在我前面。

　　"好了，你不要再说了，山姆！别再浪费力气了，再过几天你同样要走了！我们也不会再见面，我有没有爸爸关你什么事？这是我的人生，我自己决定怎么做。"

　　我想大叫要她答应来参加我的葬礼的，要她答应这一辈子都是认识我的，可是现在看来，这个承诺对她来说没什么意义了。

　　雨果不要她。现在她也不要他了。

　　她骑着自行车沿着红色的、紫色的、鲜黄色的，然后是粉红色的花圃，离开了。

　　她的背影越来越小，慢慢变成一个点，最后不见了。

晚上我们已经躺在上下铺上。"杰瑞，你睡了吗？"我低声问。

"嗯。"杰瑞喃喃地低声回答，然后，他突然清醒了一些，说，"怎么了？"

"你必须帮我的忙。"

"好，当然。"他回答。我在床上可以感觉到他在翻身。

"我是说真的。"我说。

"我能帮你什么？把你的入学考试搞砸？让你摔得骨折？破坏你的人生？这些我都很在行。"

在有亮光的时候，他的声音听起来很凶。

可是现在在黑暗中，听起来又不一样了。我也不知道哪里不一样。

"你是什么意思？"我低声问，"你什么很在行？破坏我的人生？还是你自己的？"

"我自己的，废话。"他不耐烦地说，"我当然也可以破坏你的啊！"

我差点儿拿枕头砸他的头，不过我又想到了别的。

"你胡说!"我坐了起来,"你是音乐剧里的主角,身高一米六一,而且你和爸爸比较好。你的人生哪里糟?"

他喃喃自语。

"什么?"我问。

"我很笨!"

"你当然不笨。傻瓜。"

"你平常可不是这样说。"

"没错,不过那是因为我想气你……就像你叫我教授一样,那又不是真的,不是吗?"

"是真的。我太笨了,上不了我想读的学校。而且每个人都知道你很聪明,每个老师也都这么说。你以后可以想成为什么就成为什么,除了飞行员可能没办法,因为你太矮了。"

"我还会长高哇!"

"可是我不会变聪明了。"杰瑞说。

他的话在黑暗中占据了整个房间,我不知道该怎么样才能赶走。

"要是我可以跟你交换就好了。"我轻声地说。

昨天,当泰丝还答应会来参加我的葬礼时,我绝对不会说这种话。可是现在我会。

杰瑞当然不是真的笨。也许,老师们那么说的时候,意思是他可能没有我聪明。可是真的没有必要特别聪明，很多时候思考只会给你带来问题。

"嘻嘻。"杰瑞咯咯笑了起来，"我才不会跟你交换。那样我就成矮冬瓜了，而且我还得思考恐龙和刺猬喝咖啡的事。休想!"

于是我真的把枕头砸到了他头上。

第七天

他终于往前踏出最后的几步，把泰丝抱在怀里，泰丝也马上把住他。

跟杰瑞打枕头仗，害我忘记要问他问题，最后我只好自己一个人想了一晚上。

泰丝跟我说，我不必再管她的闲事。现在我在想这是不是真的。

人们在一起真的可以不用管对方的事吗？或者，也有可能你太少关心别人的生活？

我想到泰丝和她妈妈，她们总是自己决定事情。

不管是中断环游世界，

还是生小孩，

寻宝游戏谁该赢，

要不要一个爸爸。

可是从头到尾雨果都没办法发表意见。他的亲生女儿在世界上四处走，他却不知情。只有短短一个星期的时间他可以见到泰丝，现在就快结束了。这不是很不公平吗？

天快亮的时候，我知道我要去做一件很糟糕的事。

那比练习习惯死亡还难受，也比替泰丝想出怀孕这招还严重，因为这次关系到真的怀孕——一个十二年前的秘密。

吃早餐的时候我看着爸爸、妈妈，还有杰瑞。我什么也不能告诉他们，因为我知道他们会说什么我不可以那样做，那不关我的事。

即使这样我还是要去管别人的事。

"对不起，我要去骑自行车。明天我们可以整天玩桌游，我保证。"

这是我这一个星期以来骑自行车骑得最久的一次。我没有穿越沙丘，而是沿着海边的一条小路前进，风景实在是太美了。海边附近有一道堤坝，沿着堤坝有一条自行车道。骑行在黑色平稳的柏油路上，我感觉像在飞。

大海闪闪发亮。我沿着海岸飞驰，闻到海草、鱼腥和阳光的味道。有时候路仿佛就要通到海浪里，可是突然一个转弯，黑色的柏油路又继续往前延伸。

我让脑袋放空，因为我什么也不愿去想。一旦开始想，我就不会继续骑，而是准备回头了。接着我就会知道，我要去做一件不允许我做的事。

不过这是我人生中的意外。就像泰丝一样，现在我自己决定我要怎么做。

我今年十岁，什么也不怕了。我现在终于明白妈妈说到她头痛的那些话是什么意思。其实那跟死掉的意思一模一样，它来了就是来了。如果它没来，那你就应该高兴。

当我远远地看到港口，我的心开始怦怦跳。一整列的汽车正在等着上渡轮。每半小时有一艘离开。一边是从登海尔德到特塞尔，另一边是从特塞尔到登海尔德。杰瑞脚踝骨折后，爸爸和他也是在这里排队等渡轮。

在医院时，他们告诉杰瑞，有时候也会派救护车到小岛来接病人，这时候渡轮会等救护车，这样病人就不用排队等汽车了。

沿着海边的自行车道中断了，我只好绕路到港口。我上气不接下气地骑着，在沿路停下来等渡轮的汽车中，寻找一辆蓝色的汽车。

可是那辆车还没出现，也许已经离开了吧。

我现在不能再回去了，我也不想回去。于是我停在车队的尽头等待，看着每一辆开过来排在后面的汽车。

不是那辆蓝色的汽车。

不是那辆蓝色的汽车。

不是那辆蓝色的汽车。

就这样过了四十五分钟，我已经打算放弃，这时又想起

我为什么会在这里……

一辆蓝色的汽车出现了。

不是随便一辆，车牌号码对了。

是雨果和艾丽丝。

"山姆！"当雨果看到我的时候他大喊。他的手不再流血，所以他女朋友准许他开车。

"你在这里做什么？"他摇下车窗问，"你不是特地为我们而来的吧？"

"当然是！"我说，然后就不知道该怎么说下去了。

我才认识他几天，而泰丝，我也只不过早认识了几个小时。那不关我的事，我不应该多管闲事的。

可是同时我又想，我知道关于这个人的大事。我总不能让他就这样走了而没告诉他真相吧？

我看着他带有斑点的眼珠，突然明白其实我在乎的人不是他，他人很好，可是没有他我还是会过得很好。

我在乎的是泰丝。

我知道泰丝不会原谅我，但我决定还是要这么做。

　　远方白色的渡轮慢慢靠近了。天空中盘旋着很多海鸥，我看到很多人站在船舷栏杆旁边。我们后面的汽车在按喇叭。

　　"我必须……"我清了清嗓子，脖子后面被太阳晒得好烫。渡轮越来越近了。

　　"你们要不要……"我又停顿了一下，"你们能不能搭下一班船？我有事情一定要说。"

　　我又看着艾丽丝说："一定要告诉雨果。"

　　"你必须告诉我？"雨果皱起了眉头。

　　"是的，一个秘密。"

　　艾丽丝大笑："一个真的秘密？听起来很刺激。"

　　我转过来看着雨果。一定要让他明白这不是开玩笑的。几分钟之后他的人生就要从此改变了。也许他根本不要泰丝，也许他真的不想要小孩，尽管他现在已经有了一个，可是他必须自己做这个决定。

　　"不是我的秘密，可是我一定要告诉你。"我说。

　　雨果什么也没说，然后点点头："好吧，我们搭下一班船。"

　　"真的吗？"艾丽丝惊讶地问。

我把自行车推到一边，好让雨果从车队里开出来。他把车停在一张野餐桌旁，接着向艾丽丝鞠了个躬，然后才下车。

不知道泰丝昨天在沙滩上时为何还能呼吸，现在我几乎不能呼吸了。我一直认为泰丝应该把事情说出来，她应该告诉雨果她是谁。

我试着在脑子里想象爸爸和女儿的对话，但就是没有办法想出来。

你要怎么告诉一个人他十一年前就当爸爸了？慢慢地而且小心翼翼地说，还是像撕膏药布一样猛力一拉？

"来吧。"雨果对我说。他脚上穿着粉红色的人字拖，身上是一件黑色的 T 恤，T 恤印着一具骷髅：白色的肋骨、脊椎、锁骨，就像 X 光照片。

他坐到野餐桌旁边，把脚放在长凳上。我太紧张了没办法坐，就只好站着。

"说吧。"他说。

我用鞋跟在沙地上打转。

"没有人知道我要告诉你这件事。"我说，"所以等一下你知道了以后，如果你不愿意，那就当什么也没发生过。就当作我们之间的秘密。"

"听起来很严肃，这件事跟你有关系？"雨果问。

我摇了摇头，对他说："跟你有关系。而且会改变你的人生，但也许你一点儿也不愿意。也许你和艾丽丝在一起很快乐，还有你鞋子上的小灯，你要的就是这些。那么你就可以当成什么也没听到。"

"山姆……"他拨了一下头发，"你让我开始有点儿害怕了。不能直接告诉我什么事吗？"

我点头。

"泰丝是你的女儿。"

他三秒钟没说话，然后开始大笑。

"这根本不可能，你疯了！我没有女儿。"他边摇头边说，"你怎么会认为她是我的女儿呢？"

我没说话。

"你是觉得我们长得像，就这么推想的吗？"

我还是没说话。

"还是因为我们玩寻宝游戏的时候合作无间？"他擦了一下额头，然后从口袋里掏出一包口香糖，说，"你要吃吗？"

我摇头，然后双手环抱在胸前盯着他看，说："十二年前你和你的女朋友去环游世界。"

"你又是怎么知道的？"

"你们飞到孟买，然后从印度到尼泊尔、不丹、泰国。几个月之后你的女朋友和你分手，然后自己回家了。"

雨果忘了嚼口香糖，只是静静地听我说。

"回到荷兰——呃，我不知道她的名字，我只知道她是泰丝的妈妈。你环游世界时女朋友叫什么?"

"伊达。"他回答，然后摇着头，"没这回事……"

"回到荷兰后，伊达发现她怀孕了，她没有告诉你，然后自己把小孩生下来。所以你根本不知道你当爸爸了。泰丝现在十一岁，她是你的女儿。"

他现在的脸色比手凿伤的时候还要惨白。

"我不相信。"他的声音沙哑，他眯起眼睛看着阳光闪烁的大海，然后抬起头看着天空，"伊达应该跟我说的。"

"她也没有把你的名字告诉你们的女儿。"我说，"一直到不久前泰丝发现了你的名字。你还记得那本剪贴簿吗? 一本厚厚的灰色本子，伊达在你们环游世界时一直带着。然后泰丝就想出了一个计划让你到特塞尔来，因为她想要认识你。她想知道你是什么样的人，再决定是否可以当她的爸爸。"

"可是……她为什么什么都没说呢? 她觉得我人不好? 她不想认我?"

我在他旁边坐了下来，看着正要离开港口的渡轮。另一批人站在船舷栏杆旁边。海鸥也跟着船在空中盘旋。

"她觉得你很棒。昨天在海边时原本要告诉你的，她已经想好了。可是你突然说你很庆幸你们没有孩子，然后事情就完了。"

他用手遮着脸，摇了摇头，然后又抹了一下额头。他现在看起来更年轻了，年纪甚至差不多跟我一样。而且他还穿着粉红色的人字拖，以及印有骷髅的 T 恤。

"真的，你可以当成什么也没听过。如果是泰丝告诉你，那你就没有退路了，可是现在是我告诉你的。我跟这件事一点儿关系也没有，我以后也不会再见到她。如果你不想要女儿，可以不要。你只要搭下一班船离开就好了。"

"可是我有一个女儿啊！"雨果大喊。

"没错。我也是一直这样对她说的。"

他站了起来，说："我得去找她，我一定要跟她谈一谈。"

"真的?"我激动地说，"你想见她?"

他的脸色还是那样惨白。

"我当然想见她。"

　　雨果走回去找艾丽丝的时候，我坐在野餐桌后面紧握着拳头等待。

　　十一分钟之后，他终于从车窗探出头来。

　　"你要一起去吗?"

　　"可以吗?"我问。

　　"当然。这怎么说都是因为你。"

　　我立刻跳起来问:"你要去她家?"

　　他摇头说:"我们先去度假小屋看看，刚刚离开的时候她还在那里。她说她要打扫，所以我希望她还在那里。"

　　他把我的自行车叠起来放进后备箱，放在行李上面。然后我坐到后座。艾丽丝看起来很严肃，我从没看到过她这样的表情。她咬着手指甲旁边的皮，目光朝下。

　　"对不起……"汽车掉头的时候我对她说，"我知道你们很高兴你们没有孩子。可是泰丝已经十一岁了，所以她不会整天尖叫，而且她很干净。也许没有你们想的那么糟糕。"

　　艾丽丝还是没有说什么。

　　"而且她当然不会去跟你们住，她住这里，这座岛上。跟她妈妈一起。不过，也许她偶尔也可以去找你们？比如放假的时候，或者——"

"山姆！"雨果大喊，"不要说了。闭上你的嘴，好吗？我们还得适应一下。"

汽车疾驰，经过一望无际的花圃。我一边看着一大片一大片不同颜色的花圃从车窗外飞逝，一边数着有多少种颜色。我数到七。

雨果和艾丽丝也很安静，因为他们还在试着习惯。习惯雨果有个女儿，因为她现在永远都会在他们的生命中了。我的爸爸、妈妈十年了都还没有完全习惯我的存在，所以我知道这可能需要很长的时间。

这时艾丽丝转身看着我。

"当雨果说他很庆幸我们没有孩子时，泰丝很伤心吗？"她问。

我点头说："她哭了。她从来不哭的。"

"可怜的孩子……"艾丽丝说。

我惊讶地看着她的脸。我可以看得出来她有一点儿适应了。也许连她自己都还不知道，可是她已经开始适应了。

我们继续交谈，我几乎停不下来。我有太多想说的了，关于寻宝游戏、野餐篮底下樱桃汁画的心形，当然还有关于泰丝的。可是我已经说得够多了，剩下的应该让泰丝来说。

我们越接近小屋，我就越紧张。雨果已经知道他有一个女儿，可是泰丝还不知道我已经泄露了她的秘密。

平坦的草地现在变成了沙丘。这里的草更干燥、枯黄，突然有一只毛茸茸的兔子跳过马路。这时候我们也开进了因为日光照射而树影斑驳的松树林，不久就到了小屋的门口。

最后的几米，雨果紧紧握着方向盘，艾丽丝摸了一下他

的腿，不过她什么也没有说。

我们已经习惯了汽车的引擎声，我知道在屋子里引擎声听起来更清楚。几天前，泰丝和我大老远就听到她爸爸的车开过来的声音。

汽车停了下来。雨果关掉引擎，等了四秒钟。

这时候泰丝出现在阳台上，我看到她往我们这个方向看，可是我看不清楚她的脸。

艾丽丝和我安静地坐在车上。

又过了七秒钟，雨果终于开始有动作了，他解开安全带，打开车门下车。

然后他又站住不动了。

"走吧。"我用他几乎听不到的声音说，"走到泰丝那里！"

可是他不敢。

雨果一动也不动地站在原地，倒是泰丝开始往汽车这边走来。我可以看到她吃惊的表情，但她一定以为雨果和艾丽丝忘了什么东西——

直到她看到我坐在车里。

她呆住了。

她看了看雨果，再看看我，然后慢慢地摇头，仿佛这是场大灾难，仿佛她希望这一切不曾发生。

我下车，我受不了。

泰丝走到我面前停下来。"你做了什么好事？"她小声问。

我看着雨果，他还是站在那里不动。他 T 恤上的骷髅在阳光下闪烁。

"我不能不管。"我轻声地说，"他必须知道。"

"你有病啊！我说过了，我不要了，不是吗？你怎么可以……"她摇着头，我看到她眼眶里的泪水，"真的吗？你都说了？"

我点头说："嗯，刚刚在他们等船的时候。"

我看到她倒吸一口气。突然间她明白她爸爸已经知道她是谁了，这时候她必须看着他。

过了好一会儿她才鼓足勇气。

"雨果……我不要……"她往他的方向走了一步，可是马上又站住了，"山姆疯了！他根本不该说的。我知道你不想要小孩，把我忘掉就好。"

雨果迟钝地摇着头说："对不起，我没有这个打算。"

"什么？"

"我没有打算要把你忘掉。"

"为什么？一定可以的！"

他的表情很严肃。"我不要一边手里拿着铲子乱挥，还一边尖叫的小孩，可是我要你。"他迟疑了一下，"我想……我已经有你了。这世界上有你，我有一个十一岁的女儿，现在我既然知道了，我当然要好好认识我的女儿。"

"真的吗？"

他点头。

于是，他终于往前踏出最后的几步，把泰丝抱在怀里，泰丝也马上抱住他。他们就这样紧紧抱在一起，再也不分开。

看得出来他们还得彼此适应。泰丝有一半是来自雨果，可是他们从来没有接触过。她还小的时候，他没有把她往天上抛过，也不曾牵着她的手一起过马路。

第一次的尝试，这个拥抱可是不得了。

他们还得多练习。

他们终于放开对方，因为手机响了。泰丝拿出她的手机，看了一下手机屏幕，然后脸红了。

"是我妈妈……"她看着雨果，"对不起，我必须……"

他点点头。当泰丝接通她妈妈的电话时，雨果走到艾丽丝面前，紧紧抱住艾丽丝。看得出来他们每天都会练习。

"喂，妈妈！"泰丝马上背对着我们。"真的吗？"我听到她问妈妈，"噢，哦！多少只？……对，我现在和山姆在沙丘这里，我马上回家。跟猫咪说剩下的要等我回来。拜！"

她又转过身来。

"猫咪生了！妈妈刚刚在阁楼发现的。它躲到那里去了，已经生下两只小猫咪。我必须……"

她突然中断，看着她爸爸。我看到她的表情变了。她接着往下说："不，我太笨了，我可以晚一点儿再看猫咪。我当然要留在这里。你们要喝什么吗？茶、汽水或是……"

她已经开始往小屋跑，可是雨果没有跟着她前进。

"没关系，我们也一起去看猫咪。"他说。

泰丝停了下来。

"你真的要跟我回家看猫咪?"她问。

他点头说:"我不想再错过任何'出生'了。而且不管怎样,我必须和你妈妈谈一谈。我们有些事必须说出来,我是这么想的……"

泰丝看着他。

这整个星期她一直在考虑自己是否想要雨果·法贝尔这个爸爸。现在他知道怎么回事了,突然间就变成是雨果·法贝尔考虑自己想要什么和决定怎么做了,换她来适应了。

"呃……你们有事可不可以下次再谈?"她的声音比平常高,"等我先让我妈妈有了心理准备怎么样?"她不安地看着她爸爸:"我妈妈真的很棒,她把我照顾得很好。不过她要是知道我做了什么,我大概这一辈子再也别想出门了。"

"这个我们就等着瞧。"雨果突然看起来不再像个小伙子,"伊达得好好跟我解释清楚,为什么十一年来我不知道我有一个女儿。说不定是她这辈子再也别想出门了。"

艾丽丝咯咯笑了,但是马上又变得严肃起来。

"泰丝她妈妈长得很高。"我说,"大多数男人都怕她。"

"我不怕。"雨果坚定地说,"再说,她一个人,我们有四个人。我们可以对付她。"

泰丝和我一起坐进汽车的后座。

泰丝紧张死了，但她还是有时间捏我的手臂。

"哎呀!"我小声说。

"这只是小意思，我还没真的动手。"她严肃地说，"我还是不敢相信你真的说了。他差点儿就离开了……"

"对不起。"我说。

"没关系。"她用更大的力气捏了我一把，"他想要我这个女儿!"

我看着泰丝的眼睛，我看到她的破洞不见了。

汽车很快就到了，我们停在长满雏菊的院了旁。整整一分钟都没有人说话。

"嗯……我们应该怎么做呢？"雨果的声音听起来没有那么坚定了。

"我先进去，以免她心脏病发作。"泰丝说。

我担心地看着雨果，说："她们窗台上有五盆仙人掌，屋里面所有的东西都色彩鲜艳。"

"我是不是留在车上比较好？我想我不——"艾丽丝说。

这时候有人敲泰丝旁边的窗户，伊达的大脑袋出现了，把车里的人都吓了一跳。

泰丝的妈妈往车里看，先看到她的女儿，再看到我，然后看到雨果。

她的眼睛变得好大，她一眼就认出雨果了。

"计划改变！"雨果大喊，"全部下车。"

我们照他的话做。在人行道上我们面对面地站着，只不过泰丝的妈妈在一边，我们四个在另一边。

"妈妈……"泰丝先开口，可是不知道该怎么继续。

"也许我应该——"艾丽丝也说不出更多的话了。

这时泰丝的妈妈摇起头来。

"雨果，你身上这件是我见过的最糟糕的 T 恤。"她严厉地说。

泰丝张着嘴看着她妈妈，说："妈妈！你不应该说这种话。"

"我当然要说。"伊达回答。

雨果听了开始冷笑。"我知道你会说！"他摇着头说，"你一点儿也没变。"这时伊达似乎才真的想到发生了什么事。她看看女儿，再看看雨果，然后又看了看女儿说："怎么会……"

"我在剪贴簿上发现了他的名字。"泰丝说。

"不可能！"

"事情就是这样。"泰丝双手环抱在胸前,"然后我就邀请雨果来这里,我想认识他。整个星期他都不知道我是谁,可是现在他知道了。原本他不想拥有小孩的,可是他想要我这个女儿。"

她挺直身体,盯着她妈妈看。现在我才看清楚她们两个有多像。

泰丝的眼睛和行动力像雨果,其他的部分遗传自她妈妈。

"进屋吧!"没多久,伊达开口了,"我们没有必要对着整条街自我介绍。"

她走向前门。雨果和泰丝跟在后面。而艾丽丝和我还在犹豫。

"我们应不应该让他们单独待一会儿?"艾丽丝低声问我。

"应该。"我回答。

我们看着对方。

"这一会儿够久了吧?"她问,我点头表示同意。我们很快也跑进了屋子里。

到了客厅,每个人又很不自在地站着。窗台上的仙人掌开了花。

"我真是不敢相信。这事关我们共同的生活!你不是也觉得没有爸爸也可以过得很好吗?没有人烦你不是很好?为什么你没有跟我说？你是怎么保密的——"

泰丝想说什么，可是雨果把一只手搭在她的肩膀上。

"伊达，你不要装作好像什么事都说得头头是道。"雨果冷静地说，接着他摇着头，"我们有一个共同的女儿！你怀孕了，你却觉得没有必要告诉我？"

伊达看着雨果。我这一个星期以来第一次看到她面露迟疑。她的表情变得温和，看上去欲言又止。她咬了咬嘴唇，终于还是开口了。

"你还记得你在越南的时候我给你打电话吗？那时我回荷兰已经一个月了。"

他点头。

"那时我本想告诉你我怀孕了，可是你不停地说你在那里遇到瑞典女生的事，说她们有多棒，你们说好一起继续去旅行。然后我就什么也不想说了。"伊达解释。

"真的吗？就因为这样？"雨果问，然后摇了摇头，"那是我编的……我只是有一天晚上遇到那些女生。可是因为我很生气你把我抛下，自己跑回家，所以我才那么说的。我不知道这会让我丢掉一个女儿。"

他们沉默地看着对方好一会儿。

然后雨果把另一只手放在泰丝的另一边肩膀上。

　　"现在她找到我了。我希望认识她，如果可以的话。"

　　"可以。"伊达回答，这一刻她看起来一点儿也不可怕，

"当然可以。"

艾丽丝出去散步了。她说她想熟悉一下这个小镇，而我很清楚，她是想让雨果有时间和伊达跟泰丝待在一起。所以我当然也不能久留。

"再见了，泰丝!"我道别。

她没有回答。

"我明天还会看到你吗?"

她也没有回头看我。她忙着做她爸爸和妈妈的工作，还得去看看猫咪。

我从后备箱拖出我的自行车，然后一个人骑车离开了。阳光普照，海风吹拂，小羊蹦蹦跳跳地玩耍，可是我突然感到一股无法形容的悲伤。因为一下子一切都结束了。

雨果和艾丽丝今天晚上就会回家了。我们——我一直到现在才想到——明天就走了。再也没有时间玩卡坦岛桌游，也没有时间去放风筝、游泳或烤肉了。也没有时间去找泰丝了。我们回家，泰丝则继续留在小岛上。

当我骑行在草地和堤坝之间的一条小路上，才真的明白了她在花圃边说的那些话。她有没有爸爸关我什么事? 我可以不在乎，不是吗？

反正我不会感觉到她的感受。

我当然替她高兴。不只这样，我甚至为她感到幸福。十一年之后她终于找到爸爸，她可以去认识他，去他那里度假，而且现在她也知道了她带有斑点的眼珠是怎么来的了。

但是我为自己感到难过，因为我突然看到一长串的名单，上面全是我生命中重要的人。这些人是万一火山爆发或碰到鲨鱼时，我一定要救的人。爸爸、妈妈，还有杰瑞，当然是排在最优先位置，不过第四名不是来自我们班，不是来自足球队和邻居，也不是我的堂表兄弟。

排第四的是泰丝。

我认识她才一个星期，但要是我希望有个人来参加我的葬礼，那个人就是泰丝。

我把自行车停放在小屋旁边，然后走上阳台，杰瑞仍然得把脚架高，所以还是像之前那样躺在沙发上。爸爸正在择四季豆，妈妈大腿上放着笔记本电脑。

"山姆！"看到我，她立刻大叫，"我们正在担心你！"

我坐到椅子上，问："真的吗？"

"你以为呢？"爸爸说，"你已经一上午和半个下午不见人影。还好泰丝第一天就告诉我特塞尔不危险……"

"而且这一个星期，你老是好几个小时不见人影。"妈妈摇着头说，"真的不能这样下去了。我们让你出门，是因为觉得杰瑞跌断脚踝实在太倒霉。可是从现在起你得留在这里，离我们不准超过十米。"

他们两个人看起来很严肃。这个他们不太擅长，我希望他们永远学不会。他们试着订立规则时，通常都很慈祥。

"太好了，这正是我现在想要做的，和你们在一起。"我回答。

"没错，就是这样。"杰瑞说，然后一直看着我，"你这一整天到底做了什么？"这是个好问题，不是随便耸耸肩就能回答的。他不再看他的漫画，而是在等我回答。

我叹了一口气说："我在努力帮泰丝找爸爸。不是随便找一个人——我的意思是她自己真正的爸爸。这个爸爸原本不认识泰丝，可是现在认识了。我们一整个星期就是在忙这个。"

"真的吗？"杰瑞吃惊地问。

爸爸不再择四季豆，妈妈也等着我继续说。

"我们做了很多事，首先我们埋葬了一只金丝雀，后来还准备了一个野餐篮，然后玩寻宝游戏，可是玩寻宝游戏的时候，泰丝的爸爸受了伤……后来，泰丝决定与她爸爸相认的时候，又出了差错。不过最后，结局还是圆满的，至少对泰丝来说是的。"

他们全盯着我看。

"这之前我不能告诉你们，因为那是天大的秘密，除了泰丝，全世界只有我知道。"我说。

爸爸轻轻地摇头。

"那现在呢？现在就不是秘密了吗？"杰瑞问。

"不是了，现在每个人都可以知道。"

"那你现在就开始说，而且要从头说起。我完全没听懂你说的话，不是我笨，是你实在太疯狂了。"他说。

"杰瑞……"妈妈想说什么，可是我已经大笑起来。

"真的吗？你们真的想听整个故事的经过？"

他们同时点头。

"天啊！"听我把故事说完之后，爸爸大声说。

"噢，山姆，我实在不敢相信你竟然去跟雨果说他有一个女儿。幸好结局圆满……"妈妈说。

"可恶！"杰瑞大喊，"你度过了有生以来最棒的假期。"

我叹了口气说："可是现在一切都结束了。雨果和艾丽丝马上就要走了，我们也是明天就要坐船回家。我再也见不到泰丝了。"

"你今天傍晚不能去道一下别吗？"妈妈小心地问。

我耸耸肩说："她们忙着照顾小猫咪，泰丝从头到尾只想跟她爸爸说话，不是跟我。"

"你真的不想去说声再见吗？"爸爸也问，"我可以开车载你去。"

"我也要去！"杰瑞大喊，"我也算认识泰丝，不是吗？还有她那人高马大的妈妈，我们也见过，现在我也想看看她爸爸长什么样子。我们一起去！"

"我不是说了……"我摇着头说，"她们忙着照顾小猫咪，猫咪今天才刚刚出生。"

"没问题的。"杰瑞说,"我们可以带新生儿小圆饼去庆祝。走吧!我刚过了这辈子最无聊的一个星期。我还想看看雨果的 T 恤。"

爸爸和妈妈大笑了起来,但是我还在想那些小圆饼。当杰瑞出生时,爸爸、妈妈就是吃那种饼庆祝的,我看过那些照片。他们骄傲地一起抱着婴儿,床上就有一大盘新生儿小圆饼。我出生的时候,也有一样的照片。

我挺胸坐好,因为我突然知道我们该做什么了。

"我们不用给猫咪准备新生儿小圆饼,但是可以给雨果!泰丝出生的时候他没有吃到小圆饼,可是今天他得到一个女儿。我们应该要庆祝。"我说。

爸爸、妈妈看着彼此。

"现在吗?"妈妈问。

"我觉得这个点子很好。"爸爸一边说,一边站起来,可是立刻停住,"噢,不行!超市已经关了……"

他又坐了下来,我只能叹气。

如果没有新生儿小圆饼,我们去拜访会很奇怪,那就像是插手、多管闲事。泰丝宁可单独和她爸爸在一起,她刚刚已经表现得很明白了。

"我有办法了!"杰瑞开始大笑,"我们来的时候不是在镇上看到一栋房子吗？院子里灯光很亮，还有一只巨大的鹳鸟。我们一定可以在那里借到小圆饼的。"

我张大着嘴看着他。

"怎样？"他问。

"这是我听过的最聪明的计划。"

他满意地点头说："我也这么想。"

"走吧！"爸爸说，"我们要赶在雨果和艾丽丝坐船离开之前。"

　　我们在车里几乎笑到不行，那家有鹳鸟的人家给了我们一大包小圆饼。我们自己准备了一个盘子、一把抹刀，还有奶油。

　　我坐在后排，杰瑞把上石膏的腿放在我的大腿上。妈妈坐在前排，试着在小圆饼上涂奶油。

　　"不要开这么快！"她紧张地警告爸爸。

　　"你才要小心！你又弄坏一个小圆饼了！"爸爸愤愤不平地说。

　　杰瑞伸出手来说："我可以要一个吃吗？可以吗？"

　　"这里右转，"我大喊，"然后第二个路口左转。"

　　现在，我们快要到了。我又开始退缩了。看到我们全家一起出现在她家门口，泰丝会怎么想？可是我没有说"我们必须回头"。我真的很想看到她，在我们离开之前，再看一次就好。为了在我名单上排名第四的人，我至少应该这么做。

　　"盘子当然是由你来拿。"到达的时候，妈妈对我说。

　　爸爸扶着挂着拐杖的杰瑞，我们全家终于站在泰丝家门口了。瞬间我又想到我是年纪最小的，有一天会剩下我孤孤

单单一个人。

可是我马上又想，啊，什么？我根本没有时间想这种事。我们四个人现在活生生地站在院子的小路上，院子里的雏菊这时正盛开着。再过几秒钟我就可以看到泰丝了，我应该想的是这个。

我确实这么做了。妈妈按了门铃，我的心怦怦跳，差点儿就跳出来了。

十一秒钟之后，泰丝的妈妈来开门了。她看着我，然后又看着那盘小圆饼，最后看着我的家人。

"泰丝！"她大喊，"那个小矮子游客又来了，这次他还把全家人一起带来了。"

她没有继续说什么，只是站在那里等她女儿出来。十五秒钟之后，泰丝从楼上跑下来，雨果就跟在她后面。

"山姆！我正想要——"她大声说。

我打断她的话。

"这是给你们的。"我把盘子举起来，"其实是要给雨果的，因为你出生的时候他没有吃到新生儿小圆饼。"

他们三个就站在那里，雨果、伊达，还有泰丝——爸爸、妈妈和女儿，他们不是一个家庭，可是是一家人。

雨果什么话也没说，他看着小圆饼，依旧穿着那件印有骷髅的酷 T 恤，他的眼睛里闪着泪光。艾丽丝走到他身旁，紧紧握着他的手。

"当然，这些小圆饼一部分是为了庆祝小猫咪出生，不过主要是为了你。"我对泰丝说。

"为我庆祝?"她问。

我点头，感觉到自己的脸颊涨得通红。

"我也加入！泰丝长命百岁！"雨果欢呼。

伊达叹着气，对我们招手。

"进屋子吧！跟一个小矮子游客唱反调不会有什么好结果，这我老早就知道了。你们既然来了，就进来喝点儿什么吧，大家都认识雨果了吗?"

我们几乎把小圆饼都吃光了，只剩下最后一个。

"我们需要这一个。"泰丝一手拿着盘子，一手拉着我的手臂，"跟我来，山姆。"

我看到我们的妈妈在偷笑。

"她有点儿霸道。"伊达低声对我妈妈说，"遗传了我。"

她们坐在沙发上，一起喝着酒。爸爸和杰瑞则一脸崇拜地听着雨果讲他伟大的故事，艾丽丝微笑着坐在一旁。

"我们要去哪里？"我们端着小圆饼过马路的时候我问。

"去找哈德瑞克，我想过了，他说他太老不能再养动物，根本是乱说！他也许还会在那房子里住好几年，一个人孤孤单单的。所以我可以借他一只猫咪，万一他没办法照顾了，猫咪还可以送回我们家。"泰丝回答。

我站着没动。

我受不了了。她一边走，一边说得那么高兴。她的金发在夕阳下闪闪发亮，眼睛也闪着光彩，她是我名单上的第四位，而这是我最后一次看着她。

"怎么了？"她问。

我摇了摇头。

"快说!"她很凶地说。

我倒吸一口气，然后耸耸肩说："嗯，我只是觉得离别很讨厌。跟死去一样糟糕，这意味着再也见不到面了。我一直都不喜欢离别。"

她皱着眉头。"可是我又不会死去!"她把盘子举得很高，"我才刚出生啊!"

"那我又能怎样?"我生气地说，"如果我再也见不到……"

"什么?"她惊讶地问，"我听不懂。谁说你再也见不到我了?"

"你啊!昨天在花圃附近，你问我你有没有爸爸关我什么事。我们以后又不会再见面了。"

她大笑。

"这一点儿也不好笑!"我大喊。

"你这个笨蛋，我们当然会再见面!我不是答应过你，我会参加你的葬礼吗?你这么快就忘记啦?我们这一辈子都会是朋友。暑假的时候还可以一起去雨果和艾丽丝那里度假。"

"什么?"

"你最好慢慢习惯。"她满意地说，"我决定一切。我不只

决定我自己的人生，连你的也一起决定。"

她抓起小圆饼上的三颗小糖粒放进嘴里。

"暑假我要去雨果和艾丽丝那里度假，他们要你也一起来。可能觉得这样比较轻松，我想。雨果说他要为我们准备一个寻宝游戏，这样你又可以和艾丽丝一队了，她很喜欢你，那我就又可以和雨果一队了。"

"可是如果是他准备寻宝游戏，那又会是你们赢！"我大声说。

"当然！"她大笑，然后开始往前跑。

"走吧，我们去找哈德瑞克。然后回我们的爸爸、妈妈那里，一起庆祝他们把我们生下来。"

她把端着盘子的手臂往前伸，开始扯着嗓子唱起来："祝你生日快乐，祝你生日快乐……"

我看看四周，幸好街上没有人。就算有又怎样？我们就是喜欢奇怪的东西。

于是我们一起合唱，拼命地大声唱。